猫と竜
異聞 七英雄の旅立ち
アマラ
Illustration 大熊まい
The Cat and The Dragon
The Strange Story
The Departure of The Seven Heroes

ソーン・ジェレ
魔法を使えない
変わり者のエルフ。
桁外れの豪腕の持ち主。
ゼーヴィット
元魔法学校の教師。
質の高い傷薬を
世に広めるべく、
市井の薬師となった。
リュアリエッタ
豪腕旅商人の父を持つ
弓使い。魔獣の
ルグミールと共に暮らす。
ロブ
孤児院出身の
若き高位司祭。
ゴーレムを用いた
魔法を得意とする。

ガルツ
田舎の農村出身の駆け出し冒険者。ミラーラの幼馴染。
クロタマ
冒険者に憧れ、魔法で人間の姿に化け冒険者となった子猫。
ミラーラ
ガルツと共に旅をする駆け出し冒険者。ひよっこ魔法使い。

「なるほど、魔王か。さもありなん、
我が国は今や異端の魔法によって立つ国になりつつある。
ならば確かに、その国の王は魔王で間違いない」
ラアトセッカ
グラィツリィス魔法国の国王。通称「魔王」。

猫と竜

The Cat and The Dragon
The Strange Story The Departure of The Seven Heroes

異聞　七英雄の旅立ち

アマラ
Illustration 大熊まい

宝　島　社

CONTENTS

The Cat and The Dragon
The Strange Story
The Departure of The Seven Heroes

プロローグ

小さな村のギルドで、一人の青年が冒険者登録を済ませた。

強いあこがれを持って冒険者となった彼の正体は、「森に住む猫」ケット・シーである。

クロタマという名のこの猫は、子猫の頃に冒険者の姿を見ていた。

お互いに背中を預け、連携して狩りをするその手腕。

子猫だった黒猫が憧れるには、十分すぎるものだった。

もちろん、猫が冒険者になるのは簡単なことではない。

様々な猫達の手助けを受け、なんとか冒険者になることができたのだ。

冒険者となったクロタマは、すぐに仲間を探し始めた。

仲間、パーティと共に行う狩りこそ、冒険者の醍醐味。

早速パーティ探しを始めたクロタマは、二人の新人冒険者と出会った。

盾とこん棒を使うガルツと、魔法使いのミラーラ。

同じ村の出身だという二人は、新人にしてはなかなかの連携で狩りをしていた。

感心するクロタマは、ふとしたきっかけで二人からパーティに誘われる。

もちろん、喜んで誘いを受け、ひとまず「お試しパーティ」を組むことに。

二人と一匹での冒険者生活は、クロタマが思う何倍も楽しかった。

予想外の魔物に襲われることもあったし、地味な肉体労働をすることもあった。

だが、冒険者に憧れて冒険者となったクロタマにとっては、どのどれもがたまらなく楽しかったのだ。

一緒に過ごすうち、ガルツとミラーラに、クロタマの正体がばれてしまうこともあった。

それでも、二人の態度は変わらない。

お互いのことをよく知り、冒険者としての連携も様《さま》になってきたころ。

二人と一匹は、正式にパーティを組むこととなった。

のちに「七英雄」と呼ばれることになる七人の冒険者のうち、二人と一匹がここにそろったのだ。


自らの夢のために冒険者となった、魔法の練達である司祭。

旅商人の娘で、弓を得意とする少女。

エルフであるにもかかわらず、魔法が苦手な剛力のエルフ。

魔法学校の教師を辞し、市井《しせい》の魔法の薬店の主人に収まった薬師。

まだ出会ってはいない四人との邂逅《かいこう》も、あとわずか。

魔王は玉座で笑う

多くの国々が乱立し、戦《いくさ》によって様々なものを奪い合う時代があった。

いくつもの国々がお互いを食い合い、現れては消えていく。

そんな中、一際《ひときわ》大きな存在感を示す国があった。

歴史の浅い国でありながら、魔法使いを集めることで、大きな戦力を持つことに成功。

圧倒的な数の魔法使いを投入することで、いくつもの戦で勝利をもぎ取り続けた。

魔法使いと魔法によって領土を拡大し続けたその国は、いつしか「グライツリィス魔法国」と名乗るようになる。


グライツリィス魔法国が魔法使いを集めることができたのは、大きな優遇を与えたからであった。

国のために魔法を使う者。

つまり、戦で魔法を振るう魔法使いには、多くの特権が与えられた。

特権の例を挙げれば様々だが、つまるところは力のある魔法使いを、貴族として取り立てたのである。

我こそはという魔法使いがこぞってグライツリィス魔法国に仕官し、嬉々として戦場へと向かった。

魔法使い達は懸命に戦い、まるで見せびらかすように戦場で魔法を振りまく。

武勲を立てるほど、活躍するほど、与えられる領地と特権は大きくなる。

そして、戦をするほどに、他国から奪った領地や富がグライツリィス魔法国に集まった。

強力な魔法使いを数多く抱えたグライツリィス魔法国は、戦において常勝不敗。

圧倒的な戦力差で、他国を併呑していった。

手に入れた領土と富は、もちろん武功を立てた魔法使いに振舞う。

魔法使い達は奮起し、ますますその力を振るった。

グライツリィス魔法国は、そうやって大国へと成長していったのである。


魔法使いの血統は、魔法使いを生む。

それが、当時の常識であった。

事実として、魔法使いの子孫には、魔法の力を持つ者が生まれやすい。

多くの魔法使いを集め、それらを貴族として取り込めば、将来の戦力として大いに期待ができる。

魔法使いが魔法使いを生み、育成していくことで、軍事力がより強固なものとなる。

グライツリィス魔法国の政策は、それも狙ってのものだったのだ。

そして、魔法使いの優遇措置という国策は、大きな成果をもたらしていた。

国が抱える魔法使いの数は周辺諸国全てを合わせてもなお上回り、魔法の質においても大差をつけることに成功していたのである。

貴族となった魔法使い達は、自分達の地位をより盤石に、あるいは、より高みへと押し上げるため、魔法の研鑽《けんさん》に励んだ。

当時は乱世の只中。

魔法の腕を見せつける機会は、いくらでもあった。

戦が起こり、魔法使いが活躍するたびに、グライツリィス魔法国の地位はより強固なものとなっていく。

そして、国が成立し、多くの魔法使い貴族が幾つか世代を重ねたころ。

グライツリィス魔法国は周辺で最大の国となり、ついに戦乱は一旦の終わりを迎えることになる。

絶頂期を迎えていたグライツリィス魔法国の、衰退の始まりであった。


膨大な魔法の力と、豊富な魔法に関する知識。

なにより、率先して戦場に立つ勇敢さ。

それらを認められて貴族となった魔法使い達は、しかし、必ずしも貴族に必要な知識や能力を持っているとは限らなかった。

むしろ、戦場での力のみを求められていた彼らに、そういったものを求めるのは酷とも言える。

戦乱が吹き荒れていた頃は、それでもよかった。

与えられた領地を守ること、維持することとはすなわち、戦で勝つことだったからだ。

だが、国家間の争いが比較的落ち着き、小競り合いが起きる程度になってくると、大きく事情が変わる。

貴族となった魔法使い達にも、領地運営の能力が求められ始めたのだ。

普通の魔法使いであれば、そういった状況にも適応できただろう。

魔法使いの多くは、知識の探究者であり、必要な知識を探し、理解し、実行することができる。

しかし、グライツリィス魔法国の貴族達に求められてきたのは、戦力であることのみ。

すなわち純粋な暴力であって、貴族となった魔法使い達は、数世代にわたってそれだけを磨き続けてきたのだ。

あるいは初代の頃こそ、研究者や学者としての面も持ち合わせていたかもしれないが、代を重ねるうち、そういった面は不要としてこそぎ落とされていった。

そして、戦乱が終わったころには、貴族達は戦働きだけが取り柄の存在になっていたのである。

戦乱が終わって間もなくは、それでもなんとかなっていた。

小競り合いとはいえ、戦は少なくない。

貴族、領主としての活躍の場もあり、領民はその存在を必要とし、受け入れることができた。

しかし、平穏な時代になるにつれ、周辺諸国の情勢は安定していった。

そうなれば周辺諸国の貴族達は、内政に力を入れ始める。

それまで戦に向けていた労力を、治安の維持、治水や農地開拓などに向け始めたのだ。

周辺諸国の生活は徐々に豊かになり、領民の暮らしは楽になっていく。

対して、グライツリィス魔法国の貴族達は、そういったことをほとんど行わなかった。

というより、行えなかった、という方が正しいだろう。

何しろ、彼らには知識も無く、教育も受けていなかったのだ。

貴族の中には、なんとか領地を改善しようと行動するものも、いるにはいた。

しかし、領地の運営など、付け焼刃でどうにかなるものではない。

結果は惨憺《さんたん》たるものばかりであり、そうしているうちに、周囲の国々は徐々に国内を改善、安定させていく。

当然、それに伴って国力も増していった。

戦力こそ、いまだにグライツリィス魔法国は他国を圧倒している。

しかし、経済、文化、資源、人口。

そういった資源を徐々に増強させていく周辺の国々に対し、グライツリィス魔法国は、明らかに後《おく》れを取り始めていた。

🐾🐾🐾

魔法とは、魔法の力を操り現象を起こす技術のことである。

普通、魔法を使うためには、二つのものが必要である。

一つは、強力な魔法の力。

魔力とも呼ばれるその力は、多くの生き物が持つものである。

もう一つは、魔法の力を操る手段。

つまり、道具や呪文といったものだ。

魔法の体系によって異なるが、それらは精密で正確であればあるほど、緻密で効率的な効果が発揮されるとされている。

そして、グライツリィス魔法国の貴族は、そのどちらにおいても最高峰のものを持っていると言われていた。

実際、戦乱真っ只中のグライツリィス魔法国の貴族は、間違いなく世界でも屈指の魔法使い達であっただろう。

膨大な魔法の力を持ち、戦場で磨き抜かれた魔法技術を持っていた。

グライツリィス魔法国を周辺最大の国として成り立たせていたその力は、貴族だけではなく、国民の誇りにもなっていたのだ。

貴族である魔法使い達がいる限り、大国の地位は揺るがず、力を持ち続ける。

グライツリィス魔法国の国民すべてが、そう信じていた。


最初に崩れ始めたのは、魔法を操る技術の優位性であった。

魔法を操る手段とは技術であり、技術とは常に進歩し続けるものである。

平和な時代が続く中、周辺諸国は国の垣根を越え、協力して魔法の研究を始めた。

戦が減り、国力増強にも成功していた中、余裕のできた資源を研究に割り振る余裕が出てきたのだ。

多くの人材と資源が魔法の研究に投入されることで次々に新たな発見が為《な》され、技術が革新されていく。

それまで秘伝とされていた技術が解明され、当たり前の技術となり、不可能とされていたことが、可能となっていった。

当然、戦で使用される魔法の改良も進んでいく。

対して、グライツリィス魔法国は、ほとんど魔法の研究をしていなかった。

ただ戦力だけを求められてきた貴族達が地道な研究などするわけもなく、先祖から引き継いだ技を伝承し、磨き上げることだけを義務としていた。

いや、それならばまだ良かっただろう。

戦場の経験も危機感も失っていたグライツリィス魔法国の貴族は、徐々にその魔法の技さえ、錆《さ》び付かせていったのだ。

確かにあったはずの技術的な優位は、月日を追うごとに確実に消えていった。

そして、ついに決定的なものまで失うこととなる。


魔法の力の有無は、確かに血筋によるところが大きかった。

事実として、魔法使いの血筋からは、魔法使いが多く排出される。

それは、魔法の力の大小も同じであるとされていた。

魔法の力を多く持つ者の子孫は、同じように魔法の力を多く持つ、と考えられていたのだ。

だが、実際にはそうではなかった。

確かに、魔法の力の大小は、ある程度生まれ持った才能に影響される。

ではあるのだが、それは訓練次第によって、大きく伸ばすことが可能であると分かってきたのだ。

いわゆる筋力、体力と同じように、鍛えて伸ばすことができるものだったのである。

そもそも、魔法を使える程度には魔法の力を持つ者は、魔法使いの血筋以外からも生まれることがあった。

問題はその力を、どう伸ばすかだったのだ。

魔法使いの血筋に生まれれば、幼いころから教育を受け、魔法を使う機会に恵まれた。

それが、そのまま魔法を使う訓練となり、魔法の力を伸ばすことに繋がっていたのである。

つまるところ、魔法使いの血筋でなくともある程度の素質を持ってさえいれば、そして的確な教育と訓練を受けることができれば、魔法使いとして十二分に活躍できるのだ。

周辺諸国は、その教育方法、訓練方法の確立に力を入れていった。

結果、各地に魔法使いの教育機関、魔法学校が設置されることとなっていく。

そんな状況の中でも、グライツリィス魔法国は何の手立ても講じられずにいた。

貴族達が、自分達の地位が脅かされることを、嫌ったからである。

最初こそ勇猛果敢であった魔法使い達は、代を重ねるごとに濁り、錆び付いていった。

大国であることに胡坐《あぐら》をかき、既得権益を貪るだけの存在になり果てていたのである。

そして、グライツリィス魔法国は戦での優位性を失うとともに、周辺諸国への発言力も失っていった。

グライツリィス魔法国の国土は、徐々に周辺諸国に削り取られていった。

正確には、元に戻っていった、という方がいいだろう。

王都から離れた辺境にある村や町が、グライツリィス魔法国の庇護下から離れ始めたのだ。

村や町は、国や領主からの守護を受けることを条件に、税や労役を納めるのが普通であった。

天災や魔物の群れの襲来などといった、自分達だけではどうにもできない事態になったとき、助けてもらう。

その約束の見返りが、納税や労役だ。

にもかかわらず、最近のグライツリィス魔法国は、税を納めている村や町が救援を求めても、あれこれと理由をつけて断り始めたのだ。

村や町にとってみれば、死活問題である。

なにしろ、自分達や雇った冒険者だけでは対応できないから、救援を求めているのだ。

それを断られたのでは、何のために税を払っているのかわからない。

救援を断られるのが辺境地域に多いというのが、なおさら始末が悪かった。

王都などの人口密集地から遠い土地には、魔物や魔獣が多く生息していることが少なくない。

そういった土地にある村や町は、危険な場所で暮らすために、一応の自衛手段は持ち合わせていた。

それでも対応できない場合にのみ、救援を求めるのだ。

にもかかわらず救援を断られてしまえば、どうなるのか。

村や町は大きな痛手を受けるか、場合によっては壊滅することになる。

ほかの領主、国に鞍替えしようと考えるには、十分すぎる理由だろう。

そもそも、グライツリィス魔法国の庇護下にいても、旨みがないのだ。

他国では行われている農業や教育への支援が、まるで無いのである。

そのため、他国と接している辺境の村や町が、一つ、また一つと離反していく。

通常であれば、その村や町を治める貴族が、すぐに対応するはずである。

離反した村や町を脅すなり、他国と相手方の貴族への厳重な抗議。

場合によっては、戦に発展することもある。

領民の離反は、すなわち税や労役の減少を意味するのだ。

それは貴族としての力の喪失であり、ひいては国力の低下に他ならない。

にもかかわらず、少なくない貴族が、それを放置していたのだ。

というより、放置せざるを得なかったのである。

一昔前であれば、グライツリィス魔法国の貴族は戦場において圧倒的な存在であった。

他国の貴族との小競り合い程度であれば、傷一つ負わずに打ち払うことができただろう。

だが、今現在の周辺諸国は魔法を研究し、その精度を磨き上げると同時に、魔法使いの教育にも力を入れている。

グライツリィス魔法国の貴族と同格か、あるいはそれ以上の力を持つ魔法使いも現れ始めている。

一応、魔法使いの数だけは、グライツリィス魔法国は周辺諸国よりも多かった。

だが、それすらも教育の充実により追いつかれつつあった。

グライツリィス魔法国は、もはや規模が大きく、先祖の戦働きを誇る魔法使い貴族を多く抱えた、内政の弱い大国でしかなくなっていたのである。

無論、中には血気盛んな貴族もおり、他国と事を構える者もいた。

数を頼みに、競《せ》り勝つ者も、いるにはいる。

ただ、大きな被害は免れず、そうなってしまえば、再び同じことが起きた時に抵抗する術《すべ》はない。

徐々に、確実に、グライツリィス魔法国はその力を失いつつあったのである。


衰退の一途《いっと》を辿る国内にあって、国王をはじめとする王族は焦りを覚え始めていた。

あまりにも危機感が薄すぎた、遅すぎた話ではあるだろう。

それでも、何もしないよりはましなのかもしれない。

王が腑抜けたまま衰退し滅んだ国など、いくらでもあるのだ。

ともかく、国王と王族は様々な政策を試し、何とか国力を増強させ、周辺諸国への発言力を回復させようとした。

結果は、ことごとく失敗。

いくらか上手《うま》くいきかけたものもあったのだが、衰退を少々遅らせた程度であった。

さらに焦った国王は、ある秘策を思いつく。

そもそも、この国には強力な魔法使いに大きな優遇を与えることで成立した歴史がある。

この方策を採った理由は様々だが、中でも重要な理由の一つが、初代国王にあった。

国を興し、魔法使い達に活躍次第での報奨を約束し、自分自身が、最大の戦果を挙げ続けた魔法使い。

それが、初代国王だったのである。

今現在の国王も、強力な魔法の力を持っている。

国内外においても、最高の魔法使いであることは間違いないだろう。

それでも、初代国王ほどの力は持っていない。

天を割き、地を割り、魔法一つで敵軍を消し去る。

誇張にしか聞こえないそんな力を、初代国王は実際に有していた。

そんな初代国王がいたからこそ、グライツリィス魔法国は成立し得たのである。

ならば。

今一度国王が、あるいは次代の国王が、初代国王のような強力な魔法使いになったならば。

その圧倒的な存在感を持って、貴族達を教導し、再び周辺諸国を圧倒する魔法使いへと引き上げ、グライツリィス魔法国は再び絶大な力を持つ大国として君臨できるのではないか。

あまりに短絡的で楽観が過ぎる発想だが、グライツリィス魔法国の王族は、もはや妄想とも言える希望に縋《すが》り付くしかないまで追いつめられていたのである。


強力な魔法使いを生むには、どうすればいいのか。

周辺諸国はそれを、ある程度の資質と教育に求めた。

確かにそれが効果的な方法であることは、間違いない。

とはいえ、グライツリィス魔法国の王族がそれを認めてしまえば、これまでの国の在り方を否定することになってしまう。

少なくとも、国王をはじめとする王族はそう考えていた。

ならば、別の方法で強力な魔法使いを生み出すしかない。

まず必要なのは、強力な魔法の力、魔力を持つ子供を生み出すこと。

王族はそれを、「血」に求めた。

魔力の質や量というのは、血統にだけ影響を受けるものではないが、逆を言えば「血統による部分もある」ということでもあった。

生まれた時から多くの魔法の力を持ち、魔法への理解度が高く、大抵の魔法はすぐに習得できてしまう。

そういう、いわゆる天才が魔法使いの血統から生まれてくることは、間違いなくあった。

まさに、グライツリィス魔法国の初代国王がそうであった、と伝えられている。

であるならば、今一度その天才を生み出すしかない。

今のグライツリィス魔法国で最も強力な魔法使いは、国王である。

その子供であれば、あるいは天才となり得るかもしれない。

国王はすぐに、数十人の妾を抱えた。

少しでも確率を上げるために、様々な血統の者が用意された。

中には攫《さら》われるように連れてこられた、いや、実際に攫われてきた者も、少なくない。

多くの妾に子を産ませようとした国王だったが、その目論見《もくろみ》は思い通りにはいかなかった。

妾を差し出した勢力同士の争いか、あるいは妾同士のさや当てによるものか。

あるいは、心的疲労もあっただろう。

なんにしても、実際に生まれた子供の数は、その妾の数からは考えられないほどに少なかったのである。

王の子として生まれ、無事に育ったのはわずか三人。

そのすべてが男子であった。

長男の母親は、国内の貴族の娘であった。

衰退し続けるグライツリィス魔法国の中にあって、領地の改善に成功した少数派閥だ。国を憂えた彼らは、断腸の思いで周辺諸国に教えを乞《こ》うて内政を学び、領地を立て直したのである。

長男の教育には、その少数派閥の貴族から派遣された教育係達があたっていた。

国内外から集めた優秀な人材であり、長男はしっかりとその教えを吸収していく。

やがて青年となった長男は、才気あふれる聡明な人物へと成長した。

惜しむらくは、持ち合わせた魔法の力が、現国王と同じ程度であった、ということだろうか。

次男の母親は、国内の多数派貴族の娘であった。

いたずらに衰退し続けながらも、辛うじて強い魔法の力を持ち続けている、典型的なグライツリィス魔法国貴族達だ。

未だ力だけは持っている彼らは、国内での地位をさらに高く盤石に固めようと動いていたのである。

次男の教育には、そんな彼らの中から選ばれた者達が当たっていた。

貴族達は自分の家に伝わる秘術秘伝を惜しげもなく教え、次男はそのすべてを吸収していく。

やがて青年となった次男は、国王を遥かに凌ぐ魔力をもつ強力な魔法使いへと成長した。

惜しむらくは、あまりにも甘やかされて育ったために、傲岸不遜、政治的な知識も才覚も欠片《かけら》も無い人物になってしまった、ということだろうか。

後ろ盾の大きさから、次の国王になるのは長男と次男のどちらかだろう、と言われていた。

かたや、政治知識や国王の資質に富む長男。

かたや、初代国王の再来と言われるほどに強力な魔法使いである次男。

国民からの人気が高いのは、長男である。

王子の身にして既にいくつかの改革や事業を行っており、それまで落ちる一方だった国力が、わずかに、本当にわずかに、回復しつつあった。

それを喜ばぬ国民はいない。

たとえ貴族が絶対の権力を持つ世だとしても、何事も国民を無視しては動かない。

民が従うからこその、権力なのだ。

国を動かすには、どうあっても国民の意思は不可欠だった。

対して、貴族からの支持を集めているのは、次男であった。

膨大な魔法の力に、各貴族家が秘蔵してきた様々な強力な魔法。

それらを手にした次男は、まさにグライツリィス魔法国の貴族達が思い描く王の姿であった。

太々しく他者を見下したような態度も、「王に相応《ふさわ》しい姿」に見えなくもない。

反面、政治や人心掌握の術については、明らかに劣っていた。

次男が持ち合わせていたのは、魔法使いとしての戦力だけであり、他には魅力のない人物だったのである。

だからこそ、貴族達にとっては都合がいい存在でもあった。

自分達の思惑通りに動かしやすく、国王として理想的な力も持っている。

これほど担《かつ》ぎやすい国王も、そうはいない。

次期国王は、長男か、次男か。

貴族も国民も、どちらにつくか見極めようと躍起になっていた。

その陰に隠れたおかげで、三男は無事に成長することができたのである。

三男の母親は、森の人、エルフであった。

血統による血の強化だけを考え、国外から攫われてきたのである。

母と三男は、引き離されて暮らしていた。

強力な魔法使いであったエルフの母は警戒されて、魔法を封じる仕掛けを施された部屋に幽閉されていたのである。

三男の教育には、王族が抱える影の者の頭目と、それが選んだ教師達があてられていた。

影の者とは、グライツリィス魔法国において、後ろ暗い、表に出せない仕事に携わる者達である。

様々な魔法と知識を有する異形の集団として、国に仕えていた。

三男は将来的に王家を陰から支える者とするべく、育てられることになったのである。

母がエルフであるためか、三男は大きな魔法の力を持っていた。

ただ、長男よりは優れるものの、次男には劣る。

長男と次男のどちらが王になったとしても、その力は国王を支えるのに都合がいい、と考えられたのだ。

しかし、三男の教育を任された影の頭目は、そう考えてはいなかった。

「貴族どもも、王族の誰も、国王陛下ですら、目が曇っておる。ラァトセッカ様が手になさっておられるものに、気が付いておらん」


エルフは、特別な力を持つ種族であった。

生まれ持った魔法の力が強く、そのおかげか身体能力も人間より優れる。

だが、それだけではない。

エルフは魔法の力との親和性が極めて高く、魔法の力を感じ取ることができる。

魔法の力を目で見ることすら可能で、一目《ひとめ》で魔法の力の大小を見分け、隠された魔法を簡単に見破ることができる。

普通の人間の魔法使いであれば、気が遠くなるような修練の末に、手に入れられるかどうかという能力を、エルフは生まれながらに持っている。

そして、その血を引く三男、ラァトセッカも、同じ能力を持っていたのである。

これに比べれば、単なる魔法の力の大小など問題にはならない。

ではなぜ、貴族や国王達は、ラァトセッカのことを気にも留めないのか。

本来、魔法使いにとって精霊との会話は、世界への理解、ひいては魔法への理解を高めるために希少な手段である。

しかし、自分達で魔法の技術を磨き上げることに特化したグライツリィス魔法国の魔法使い達は、精霊から得る知恵を重要視してこなかった。

そもそも精霊と会話をするには、一種の才能も必要になってくる。

グライツリィス魔法国では、永くその才能を持つ者が生まれてこなかった。

軽視され、長い年月が経つうち、いつしか彼らは精霊と話すことの意味すらを忘れてしまったのである。

そのため、伝聞として精霊と話すことができることは知っていても、実感としては理解していなかった。

確かにすごいことらしいが、それよりも自分達の魔法技術の方が勝る。

グライツリィス魔法国の貴族や国王達は、そう考えていたのだ。

まさに、目が曇っているのだろう。

嘆くべきことではあるのだが、だからこそラァトセッカは捨て置かれている。

忸怩《じくじ》たる思いを抱えながら、影の頭目は持てるすべてを、ラァトセッカの教育につぎ込んだ。

曲がりなりにも大国であるグライツリィス魔法国を陰から支えてきた人物に、そこまでのことをさせるだけの魅力を、ラァトセッカは持っていたのだ。


長男と次男が、次代の国王の座を巡って争う中、ラァトセッカは着々と力を蓄えていった。

長男も次男も、その取り巻き達、王族や国王さえ、そのことには気が付かない。

彼らがまったくラァトセッカのことを気にかけていなかった、というのもあるが、理由はそれだけではない。

ラァトセッカが手勢に引き入れていたのが、貴族や市民といった普通の国民ではなく、いわゆる被差別民であったためだ。

グライツリィス魔法国は、魔法使いを至上とする国である。

そのため、魔法を使えず、魔法の道具などを作り生計を立てる民は、下賤《げせん》な者として扱われていた。

また、魔獣魔物由来の素材を加工する者達も、同じように遇されていた。

どちらも、魔法使いでなくとも魔法と似た効果を発揮できる物だからだ。

魔法とは魔法使いが操る特別な力であり、才なき者がそれを真似ようというのは下賤の所業である、というのが、王族や貴族、市民の言い分だ。

にもかかわらず、なぜそういった物を扱う民が国内にいるのか。

実に簡単な理由で、需要があるからだ。

グライツリィス魔法国は、彼らを虐《しいた》げておきながら、その道具の利便性を享受していたのである。

理不尽な話ではあるが、グライツリィス魔法国ではそれがまかり通っていた。

ラァトセッカは、そんな被差別民達を、手勢に取り込んでいったのである。

虐げられている民に、同じく虐げられている王子が手を差し出すというのは、分かりやすい構図である。

もちろん、ただそれだけの理由で、彼らがラァトセッカに下ったわけではない。

ラァトセッカには一つ、兄達とは全く違う種類の異能を持っていた。

エルフである母の血のためか、あるいは、たまたま生まれついて持ち合わせていたものなのかは、わからない。

影の者の頭目が見出し「魔眼《まがん》」と名付けたその異能の力は多岐にわたり、どれも異質異様なものであった。

その「魔眼」の権能の中で、ラァトセッカが手勢を集めるのに有用だった力が二つある。

一つは、「実力や能力、眠っている才能を見抜く」力。

その目で見た相手の力量を的確に把握できるだけでなく、本人がまだ気付いていない才能まで見抜くことができる。

被差別民の中にも、有能な人材はいくらでもいた。

彼らを手勢に加えられたら、ラァトセッカの大きな助けとなる。

しかし、普通ならば、そういった者達を配下にするのは難しいだろう。

そこで、もう一つの権能が役に立った。

目で見ただけで「相手の欲するものや願望を見抜く」力。

能力や秘められた才能を見抜き、相手の欲しいものや願望すら理解できるのだ。

これと見定めた相手を手勢に引き込むことなど、造作もない。

そして、ラァトセッカの手駒には、グライツリィス魔法国を陰から支えてきた、影の者の頭目を始めとする元教師達がいた。

影の者達と、新たに加えた手勢、そこにラァトセッカの「魔眼」があれば、力を蓄えるのは簡単であった。

必要な手勢を、必要な場所に配置すればいい。

それだけで、金も物資も容易《たやす》く手に入った。

周囲の目は、相変わらずラァトセッカには向いていない。

長男と次男の対立はいよいよ激化し、互いの手勢が小競り合いを始めるところまで来ていたのである。

次期国王争いに関わらぬ三男のことなど、気にかけている余裕がなかったからだ。

国内には、動揺が広がっていた。

ラァトセッカが待ち望んだ、好機の到来であった。


次期国王の座を手に入れる決定打がない。

好転しない状況に、次男は焦りを覚えていた。

次男の強みは、膨大な魔法の力と、魔法の腕だった。

実力は申し分なく、すでに何度か周辺諸国との戦いにも参戦している。

そこで振るわれた力は圧倒的であり、敵味方問わず強烈な印象を与えることに成功していた。

文字通り戦場を蹂躙《じゅうりん》し、現国王を上回る魔法の力を遺憾なく見せつけている。

この功績に関しては長男側も何も言えず、表向きは手放しで褒め称えていた。

次男もその取り巻きも随分留飲を下げたものだったが、少々問題が起きた。

あまりにも派手に戦場を荒らしすぎたために周辺諸国がその力を警戒し、武力での衝突が激減したのだ。

無論、良いことではある。

数十人規模の小さな戦闘であっても、戦えば物資も人材も消費するのだ。

それに、戦いを避けられるというのは、戦力として同等か、格上だと見られているということでもある。

今まで侮《あなど》られていた分を、取り返したと言えるだろう。

それ自体は実に気分が良く、良いことではあるのだが、次男としては、その実力を見せる場がなくなった、ということでもある。

それだけの功績を上げたとも言えるし、本来であればそれだけの力があれば次期国王として申し分ないはずだ。

だが、実情は、むしろ劣勢だった。

長男が進めている国内の事業や改革、その全てがことごとく成功しているのである。

国の内情が明らかに好転し、民草の支持も集まっていた。

いくら魔法使いが至上の存在と考える次男も、民の支持無くして国が回るとは思っていない。

むしろ、民からの支持が集まれば、王座が近づくことも理解している。

今は次男を支持している貴族にも、民の声を受けて鞍替えする者が現れないとも限らない。

このままではまずい。

なにか、大きな決定打が必要であった。

自身を次期国王たらしめる、決定的な何かが。

徐々に苛立ちを募《つの》らせる次男に、思いがけぬ人物が接触してきた。

三男、ラァトセッカである。

「兄上が王座に就くお手伝いをさせて頂きたいのです」

それまで気にも留めていなかった三男が、突然そんなことを言い出したのだ。

一体何が目的なのか。

「簡単ですよ、兄上。私は勝ち馬に乗りたいのです。勝つ方に手を貸して、恩を売っておきたいのですよ」


勝つ方に恩を売っておきたい。

その心情は理解できる。

だが、自分を選んだところに、次男は違和感を覚えた。

戦場で手柄を上げることのできなくなった自分に、そのタイミングで声をかけてきた理由は何なのか。


「民や貴族の支持を基盤にして、国王が国を治める。それが普通の国の在り方です。ですが、我が国は違う。グライツリィス魔法国は、そうではありません。魔法使いである国王が、魔法使いを集め、戦で勝つことによって作り上げた国なのです。なればこそ。本当に重視されているのはたった一つ、勝つことです。魔法によって何者をも打ち倒すことなのです。勝ち続けた魔法使いが、魔法使いを集めて作ったのが、グライツリィス魔法国ではありませんか。つまり、魔法で勝てばよいのです。その勝利が魔法使いを集める。魔法使いが集まりさえすれば、あとは簡単ではありませんか。仕事を与えてやればよいのです。兄上もお分かりの通り、国王が自ら事業や改革をする必要などありません。国王に必要な資質というのは、そういったものではない。必要十分な力を持つ部下に、適切な仕事を割り振る。それが重要なのであって、自身が優秀である必要などないのです。たった一つ、圧倒的な魔法の力さえありさえすれば」

その通りだと、次男は思った。
今まで視界を覆っていた靄《もや》がパッと消え去り、目の前が晴れたような感覚である。
なんのことはない、他国と同じように考える必要など皆無だったのだ。
グライツリィス魔法国の国王にとって最も重要なのは、魔法で戦に勝つこと。
そうすれば、名声によって人が集まる。
人が集まったならば、それを適切に配置して仕事をさせればよい。
つまり。

「極々簡単な話ですよ、兄上。要は勝ち取れば良いのです。魔法を使って」

何も悩む必要などなかったのだ。
魔法で勝ち取ればそれで良かったのである。
つまり、長男を殺してしまえばいい。
そうすれば、王座は必然的に自分の手に入る。

長男を支持していた者も、勝った自分になびくだろう。

そうでなければ、やはり殺してしまえばいい。

他国ならば問題になるだろうが、グライツリィス魔法国であればむしろ称賛される。

実に簡単なことだったのだ。

しかし、問題がある。

もし、戦うとして、今の次男が動かしうる戦力では、長男側を圧倒することができない。

確かに次男は魔法使いとして一流であり、現国王を超える魔法使いではある。

とはいえ、長男とそれが抱える貴族達も優秀な魔法使いだ。

数は少ないとはいえ、周辺諸国の手法を取り入れることで、強力になっている。

ぶつかれば、次男側も少なくない痛手を負うことになるだろう。

内戦状態となれば当然国力の低下につながり、今は大人しい周辺諸国も、黙ってはいないだろう。

それは極力避けるべき状況だ。

次男は不思議な気持ちになっていた。

するべきことを意識したとたん、それまで軽視していた長男とその取り巻きの実力を、しっかりと認識できるようになったのだ。

勝つためには、相手のことをしっかりと理解しなければならない。

いざ戦いとなれば、自分にはそれができる。

次男は不思議な高揚感に包まれていた。

だが、問題は解決していない。

そこでふと、ラァトセッカの言葉が気にかかった。

王座に就くお手伝いをさせて頂きたい、とは一体どういうつもりなのか。

まさか、長男と争う時に自分も参戦する、とでも言うつもりなのだろうか。

いや、恐らくそうではない。

もっと決定的な手土産を用意しているはずだ。


「竜薬、というものをご存じですか。魔力の総量を大きく増やす、霊薬の類です」


おとぎ話に出てくるような品である。

とはいっても、過去間違いなく存在し、使われたことがあるとされるものだった。

当時の記録や研究所、文献によれば、ごく普通の魔法使いであっても、敵の一軍を薙《な》ぎ払うほどの力を手に入れられたという。

あまりに劇的な効果を持つため、その製造方法は秘匿《ひとく》されていたのだが、永い年月の間に、失われたとされている。


「私の教育係であった影の者達。彼らが当時の記録を持っていました。それを元に、私の手勢の者達が再現に成功したのです」

そう言ってラァトセッカが次男に差し出したのは、書類の束であった。
竜薬の製法が記されているのだという。

「完成した竜薬をお持ちしたとしても、偽物《にせもの》や毒でない保証がありません。兄上が信頼する者達に作らせ、試して頂くのが一番でしょう」

確かにその通りだった。
得体のしれないものを口に入れるわけにはいかない。
だが、自分のお抱えの者に製法を精査させ、作らせたものとなれば、話は別だ。
もし竜薬が本物であるならば、事をあっという間に終わらせる方法が、一つあった。
王をはじめとする王族や貴族が集まる場で、攻撃を仕掛けるのだ。
そして、国王を弑逆《しいぎゃく》し、同時に長男も亡き者にする。
その二人がいなくなれば、当然次の国王は次男ということになる。
ましてそういった場には当然、王や長男の護衛もいる。
それらをまとめて討ち取れば、むしろ武勇を示すことになるだろう。
実力によって王座をもぎ取った者となれば、卑怯と罵《のの》しられることはない。

そもそも国王も長男も、グライツリィス魔法国の魔法使いである。

戦場に立つ素養を求められる者が、数人がかりで一人に負けるなど、あってはならない。

間違いなく、王座に相応しい者として国内の誰もが認めることになる。

「兄上が国王におなりになった暁には、私には幾ばくかの領地を頂ければ嬉しく存じます。この非才な身を盛り立ててくれた者達に、安楽の地を与えてやりたいのです」

ラァトセッカの手勢が影の者達と被差別民であることは、次男も知っていた。

なるほど、ありそうな願いである。

分相応といったところだろう。

なんにしても、竜薬の製法とやらを精査してからだ。

次男は浮き立つ気持ちそのままに、笑顔を作る。

その様子を、ラァトセッカはただ静かに微笑みながら見ていた。

🐾　🐾　🐾

建国記念日の宴は、グライツリィス魔法国貴族にとって重要な行事の一つであった。

グライツリィス魔法国は戦に勝つことで形作られた国であり、建国記念日とはすなわち戦勝記念日でもある。

国としての体裁が整うほどの大勝利を手にした、最大の記念日だ。

毎年、王都で国王主催の宴が開かれ、国中ほぼ全ての貴族が集まる。

宴は数日にわたって開かれ、その前後十数日間にわたり、王都は社交と政治の場となる。

次男にとっては、絶好の舞台であった。

その年も、建国記念日の宴は、王城にて開かれることとなった。

多くの貴族が集《つど》う場には、厳重な警備が敷かれている。

特に、国王の護衛は強固であり、何人もの近衛兵が周囲を固め、国王本人も杖で武装している。

元々、建国と戦勝を祝う宴であるので、戦支度を整えて参列するのが習わしとなっていた。

とはいっても、王以外の王族や貴族は防具だけを身に着《つ》け、武器の類を持つことはない。

元々はいつでも戦場に出られる姿で宴をしていたのが、永い月日が経つうちに今のような形へと変化していったのだ。

王城に用意された宴会場には、多くの貴族が集まっていた。

貴族達が身に着けている防具は、どれもこれも煌《きら》びやかに装飾がなされている。

それを誇るように立ち振る舞う貴族達は、実に優美であった。

貴族達より一段高い位置に立ってそれを見下ろしながら、次男は顔にわずかな困惑を浮かべる。

なんだ、これは。

そんな疑問が、次男の心に渦巻いていた。

宴に出席する際に戦支度をするのには、建国当時の事情が絡んでいる。

当時のグライツリィス魔法国は建国したばかりであり、国王と魔法使い達は、日夜戦に明け暮れていた。

何しろ建国記念の宴の最中ですら武器防具を身に着け、宴で酒を酌み交わしたその直後に、再び戦場へ戻っていったという。

建国記念日の宴とは、その常在戦場の心構えを忘れぬように催されることとなった、はずなのだ。

それが、今目の前にある光景はどうだろう。

優雅さや華美さを競うような、この有様は。

もし、グライツリィス魔法国が周辺諸国を圧倒しているのであれば、これでも良いだろう。

戦一辺倒だった気風を切り替えなければならないときは、いつかは来る。

だが、明らかに今ではない。

国力で劣っているはずの国にまで侮られ、小競り合いが起こっていたのだ。

今でこそ次男が戦場に出たことで治まってはいるが、一時的なものだろう。

だからこそ、今は軍の強化に力を入れるべきではないか。

確かに、長男の事業や政策により、国内は少しずつ潤っているが、長男はそれでできた余裕を軍備に回そうとはしなかった。

正確には、魔法の研究など新しい技術開発に回そうとしなかったのである。

まずはそういった施策よりも、内政を強化するのが先。

長男とその取り巻きはそう考えているようだったが、あまりにも馬鹿げた発想ではないか。

自衛にも事欠く国が、何の内政か。

身を守る事すらできない者が肥え太ればどうなるかなど、火を見るよりも明らかなはずだ。

確かに長男には、才気がある。

だが、あまりに甘い。

このまま成長すれば、そういった甘さは消えていくかもしれない。

ごく普通の国の王として一定の能力を持つことは可能だろう、が。

それだけだ。

国によって国王に求められるものは違うだろうが、グライツリィス魔法国の国王に求められるものは、多くの戦場に立つ魔法使い達を納得させるだけの魔法の実力。

そして、膝元に集まった者達に適切な地位と仕事を与える器量。

それがありさえすれば、ほかの資質などどうでもよいのだ。

膝元に集まった配下の中に、必要な資質を持つ者がいれば良いのだから。

それにしても、と次男は、別のことに思考を飛ばす。

少し前まで、自分はこんなことを考えたことすらなかった。

ただ取り巻きから言われたことを鵜呑みにし、戦場で魔法を使っては喜んでいただけ。

まるで、ではなく、まさに間抜けだった。

多少はものを考えられるようになったおかげで、周囲の甘言をそれと気付けるようにはなった。

手勢を使うことについても、僅かなりとはできるようになったのではないだろうか。

そうでなければ、あの薬は完成しなかっただろう。

三男、ラァトセッカから製法を伝えられ、信頼できる手勢の者に作らせ、先ごろ完成した霊薬。

飲んだ者の魔法の力を飛躍的に高める、竜薬である。

既に次男は十数日前に、それを飲んでいた。

この場にそのことに気付いている者はいないが、今の次男ならば、たった一人でこの場に集まった者全員を相手取れるだろう。

いや、一人だけ、次男の変化に気が付いている者がいた。

ラァトセッカだ。

エルフを母に持つラァトセッカだけは、自分の魔法の力を正確に見抜いていると次男は理解している。

にもかかわらず、自分と挨拶を交わした時、表情一つ変えなかった。

そういえば、と別の考えが頭に浮かぶ。

自分が今のように多少は頭を回せるようになったのは、ラァトセッカから竜薬の製法を受け取った時からだ。

なぜそうなったのだろう。

おそらくこれが戦だからだ、と次男は思った。

あの時、次男は自らの手で、国王と長男を葬ろうと決めたのだ。

方策を用意し、準備を整えて、戦場に臨む。

他の誰がどう見るかは知らないが、少なくとも次男にとってこれは「戦」であった。

生まれて初めて、自分自身でする と決めた戦なのだ。

それ以前にも、戦場に出たことはあった。

取り巻き達が用意し、ただ魔法を振るえばよいだけの場である。

魔法を使って敵兵を打ち払い、キャッキャと喜んでいたのだ。

なんと愚かだったのか。

いや、今の自分もさほど変わっていないと、次男は自嘲する。

グライツリィス魔法国の魔法使いにとって、戦場とは自らの功名功績のため、命を賭して立つ場なのである。

そこに戦場があるとなれば、グライツリィス魔法国の魔法使いならば、喜び勇んで飛んでいくはずなのだ。

自分はようやく、自分で選び、自分で考え、自分の意志で、その場所に立った。

グライツリィス魔法国の魔法使いとして、ようやく「ものごころ」が付いた、ということだ。

次男は視線を、国王へ、そして長男へと向けた。

実に平和そうな表情をしている。

とてもこれから戦場に赴く魔法使いのものとは、思えなかった。

もっともそれは、初めて自分の意志で戦場に立つ自分が言えた義理ではないか、と、次男は思わず苦笑を漏らす。

なんにしても、決着はすぐにつくだろう。

次男はさほど気負うこともなく、大きく息を吸い込んだ。


「さて、宣戦布告をいたします。王族で、誰がもっとも王座に相応しいのか。決めようではありませんか」

言うや、次男は国王へと手を伸ばした。

掌や指に、目に見えるほどの魔法の力が集中している。

国王は驚きを顔に浮かべ、次男の凶行への非難を飛ばす。

次男は苦笑交じりにそれを眺めながら、ことさら丁寧に魔法を紡《つむ》いだ。

杖などといった武具がなくとも、魔法は使うことができる。

あった方が精度も構成速度も高くなるのだが、必須という訳ではなかった。

今の次男は杖を持っておらず、魔法を使うにはどうしても発動が遅くなってしまう。

対して、国王はしっかりと杖を手にしていた。

その気になれば、次男よりも素早く魔法を創り出せただろうし、返り討ちにすることも容易《たやす》かったはずだ。

しかし、実際に国王が行ったのは、次男に対しての悲鳴のような罵倒と、守りの魔法を張ることのみ。

そんなものなのだろう、と、次男は苦笑いにため息を混ぜた。

現国王は、戦場に出たことがない。

武器を手にしてはいるが、それを使う度胸もないのだろう。

やがて魔法は完成し、次男は国王へ向かってそれを放った。

一欠《ひとか》けらの躊躇《ちゅうちょ》もない。

親子の情といったもので、手が止まることもなかった。

少なくとも次男は、王族というのはそういった情動とは別のところで生きていると思っている。

魔法はまっすぐに伸び、国王の張った守りの魔法を貫いた。

国王は強力な魔法使いであり、大きな魔法の力を持っているが、竜薬を飲んだ今の次男には、遠く及ばなかった。

次男が放った魔法は一瞬で国王の命を刈り取ると、そのまま近衛兵達へと向かった。

国王へ魔法を放つのを邪魔してくるかと思っていたのだが、いかんせん動きが遅い。

ずっと戦場に出ない国王を守っていたからか、あまりにも危機感が薄すぎる。

というより、近衛兵自体が形骸化し、弱化しているのだろう。

彼らの魔法の力はそれなりに強く、魔法の錬度も高いのだろうが、それだけだ。

次男の魔法は、容易く近衛兵を薙ぎ払った。

次に反応を見せたのは、長男だ。

守りの魔法を張りながら、この場から逃げ出そうと動き出す。

長男の取り巻き達も走り寄ってきて、次男との間に守るように立ちふさがった。

魔法を使おうとするが、やはり遅い。

次男は既に魔法を完成させており、間に立つ取り巻きを無視して、長男に向けて放った。

薄い刃のような魔法は大きく横に広がり、地面と水平に伸びていく。

大人数を相手取ることを想定して作られたその魔法は、長男とその取り巻きを一息《ひといき》に薙いだ。

守りの魔法も、意味をなさない。

長男は助けに入ろうとした取り巻き諸共、絶命した。

なんとあっけないのだろう。

宴の会場に目を移せば、貴族達が逃げまどっている。

次男の取り巻きも、逃げているようだった。

彼らには、今回のことの詳細は伝えていない。

ただ、取り巻きの何人かには兵を城の近くに用意させて、何かあったらそちらに行くように、と指示もしてある。

聡《さと》い者ならば状況を把握し、兵を動かす準備をしていることだろう。

国王と長男を討ち取った以上、あとは次男の独壇場だ。

手勢に王城を掌握させ、王座に座ってしまえばいい。

もはや自分以外には王位継承権を持つものがいないのだから、簡単な話だ。

そう次男は考えていた、のだが。

ふと、何か引っかかるものを感じた。

王位継承権を持つものは、もう一人いる。

次男は素早く振り返り、宴会場を見渡した。

逃げまどう貴族と、それを誘導する兵士達、まるでこうなることを知っていたかのようにてきぱきと動く給仕達。

そして、楽しげに微笑みながら、こちらを見ている人物。

長い耳と、異様なほどに整った容姿を持つ男だ。

ラァトセッカ。

この末の弟も、王位継承権を持っている。

次男はほとんど反射のように、片手を持ち上げようとした。

自分が王座に就くためには、この男はここで殺さなければならない。

様々な借りがある相手にもかかわらず、次男は本能的にそう感じたのだ。

しかし、持ち上げようとした手はしびれたように動かず、集めようとした魔法の力は霧散する。

見れば、腕や足に何かが巻き付いている。

魔法特有の輝く力場で形作られた、鎖である。

この魔法の鎖が触れている場所から、次男の魔力が奪われていっているようだった。

拘束魔法の一種だろうか。

だが、今の次男は竜薬によって強力な魔法の力を持っている。

それを抑え込むとなると、尋常ならざる魔法なのだろう。

素晴らしく精密で複雑な術式に、膨大な魔法の力。
おそらく個人で発動させたものではない。
道具の用意と、儀式も必要なはずだ。
次男は思わずといったように、吹き出した。

「そうか。ラァトセッカ。初めからお前の掌の上か」
「いいえ、兄上。竜薬ができるには、もう少し時間がかかるものと思っておりました。何しろあれを作るには金が掛かりますので」

次男は自由の利く金の大半を、竜薬作りのためにつぎ込んでいた。
大金を動かせば目につきやすくなり、不審な動きとみられる場合もある。
それをねじ伏せるため、次男はさらなる金と手勢を使っていた。

「竜薬が完成したとしても、それに体を慣らし。さらに、杖を用いず魔法を使う訓練も、となれば。実行は早くとも、来年の宴であろうと見ておりました」

ラァトセッカから竜薬の製法を受け取ったその日から、次男は今日この日のことだけに注力して生きてきたのだ。

宴の際の皆の立ち位置を調べ、必要な術式を選定し、無手でも発動できるよう徹底的に訓練をした。

血の滲むような、という言葉があるが、次男がした訓練は少々異なる。

強力な魔力によって肌は裂け、術式構成のために脳にかかる負荷で、鼻血や吐血に塗《まみ》れた。

滲むよう、ではなく、血の流れる訓練であったのだ。


「相当なご苦労をなされたとか」

「いや、存外楽しかった。戦支度とはかくも胸が躍るものなのか、とな」


同時に、自分の能力の低さを思い知った。

たった一度の戦をするために、どれほどの人を動かし、金が掛かり、物が必要なのか。

まるで想像すらできていなかった。

次男にとっては、自身の能力の低さを思い知るとともに、人を使うということの意味を知る機会にもなったのだ。


「お前に言われたことの意味が分かった。必要十分な力を持つ部下に、適切な仕事を割り振る。言うは易《やす》しだな。これほど難しいことはない」

「ですが、兄上はそれをやり切った。そして、この場に立っておられる」

「お前が仕掛けた舞台の上に、か」

「思いのほか兄上の動きが速く、舞台を整えるのにも苦労しました。間に合わせることができたのは、運によるところが大きい」

「それは光栄だな。この鎖について、種明かしをしてもらってもよいか。何らかの魔法なのだろうということは分かるが、この状況とこの威力が腑《ふ》に落ちん」

「強力な魔法使いの血と肉。つまり命を捧げることで発動する、特殊な魔法です。この宴会場の装飾品、絨毯《じゅうたん》、カーテンなどといったものに陣を仕込みました」

「どうやってそんなものを。いや、そうか。お前は影の者に育てられたのだったな。それらが味方したか」

「女中や執事、下働きの者達も、私の手勢でございます」

「それらが手伝うのであれば、術を仕掛けるのは簡単か。この魔法自体は、誰が用意した？　我が国にこんな魔法はなかったはずだ」

次男は、国内のあらゆる秘蔵魔法を教えられて育っている。

どこかの家が未だ秘匿《ひとく》している魔法だとしても、似た魔法にすら心当たりがないのはおかしい。

「国内外から魔法研究者を集めて手勢としております。自国では異端として認められず、つまはじきにされた者達を。その者達を使い、開発させた魔法です」

「はっはっは！　手の込んだことだな」

「開発には大変な苦労があったようです。何しろ兄上の動きが速く、完成が間に合うかはぎりぎりでした」

「魔法を発動させるには、魔法使いの血肉を捧げるといったな。その血肉とは、一体どこから。いや、いや。馬鹿なことを聞いたな。そうか、私自身が用意したのか」

言いながら、次男は自ら殺《あや》めた国王と長男を見やった。

どこまでも楽しそうな、朗らかな笑顔である。

「兄上か、それ以外か。どちらかが身罷《みまか》られれば、それを贄《にえ》にして魔法が発動する。そういう仕掛けにございます」

「私か、兄上と国王陛下か。いずれが残っても、魔法が発動する。最後に勝つのはお前という訳か。面白い。素晴らしい！」

次男は心の底からの笑い声をあげた。

勝利を確信していたはずが、これほど呆気《あっけ》なく負けてしまう。

「仕掛けとしてはその通りですが。勝つのは兄上であろうと確信しておりました。まともな方法で今の兄上を害するのは、無理筋であろうと」

「こうも容易くやられた手前、お前にそういわれても苦笑いしか出ぬわ」

「容易くなどと。本当に、準備が間に合ったのは幸運以外の何物でもありません。何しろ、この魔法は試しをする暇もなく、発動させるのはこれが初めて。正直なところ、この後も思惑通り動くのかどうか、冷や汗を流しております」

「ほう。上手くいったとしたら、どうなるのだ？」

「兄上の魔力をすべて吸い上げたのち、それを利用して爆発を起こします。恐らく、王城の一部が消し飛ぶことになろうかと」

「魔力を吸われれば、守りの魔法も使えぬ。そこへ大爆発を受ければ、まず助かるまいな。私の魔力は、もうすぐ尽きるぞ。逃げずに良いのか？」

「手の者に、瞬時に別の場所へ移動する魔法を使うものがおりますので」

いつの間にか、ラァトセッカの背後に数名の人間が影のように立っている。

逃げる準備は万端整っている、ということなのだろう。

「何もかもが手はず通り、か。どうやら俺は、お前の相手にもならなかったようだな」

「まさか。竜薬を用いて兄上を唆《そそのか》し、宴を戦場とさせる。それは確かに、私の思う通りになりました。しかし、兄上の行動はあまりに早かった。術の開発が。術の設置が間に合わなければ。術を試す暇もなかったのですから、術が発動しない恐れもありました。兄上、本心本音で申し上げます。此度《こたび》のことは誠に運の差。あまりに背筋が寒く。勝ちを誇る気になど到底なれません」

苦い表情で言うラァトセッカに、次男は大声で笑った。


「そうか！　では、私にしては上々の出来であったな！　初陣で散るもまた、世の常よ。ラァトセッカ、この愚兄の死、上手く使ってくれ」

「必ず」

「頼む。ああ、しかし。楽しい戦であった。これを知らずに死ぬかもしれなかったならば、王座など要らぬわ」


魔法の鎖が、次男の体にある魔法の力を吸い尽くした。

同時に、ギラギラと奇怪な光を放ち始める。

次男の体はぼろぼろと崩れていく。

それを見て取ったラァトセッカは、部下に瞬間移動の魔法を使うようにと命じた。

建国記念日の宴の最中に起こった出来事、次男が仕掛けた戦は、グライツリィス魔法国内ではむしろ好意的に受け入れられた。

無論、ラァトセッカの部下による情報の操作や扇動などはあったものの、そもそもの国民性が大きい。

戦で勝てばすべてが手に入る。

その気風は、貴族となった魔法使い達だけの感覚ではなかったのだ。

治世を行う者の考えに、庇護を受ける者も染まっていくものなのである。

次男は緩み切ったグライツリィス魔法国の現状を憂い、堕落した国王と、自分が王座に就くのに邪魔になる長男を討ち取った。

しかし、自身も深手を負う。

協力者であり弟でもあるラァトセッカに後を託すと、そのまま息を引き取った。

それが、国内外に公表された「真実」である。

「私共の手で広めておいて、こういうのもなんですが。貴族にしろ民にしろ、よくこんな話を信じるものです」

あきれたような影の者の言葉に、ラァトセッカは小さく笑う。

「現実と現実味がある話というのは違う。受け止めやすい物語ならば、多少おかしいと思っても受け入れるものだ。それで不利益を被らないとすれば、猶更《なおさら》な」

次男が仕掛けた戦の「真実」がどうであれ、多くの者にとっては関係がない。

国王や長男や次男が死のうが、どうでもいいのだ。

自分達の生活さえ、悪くならなければ。

「そう教えてくれたのは、爺《じい》じゃないか」

さようでしたな、と、影の者の頭《かしら》は笑う。

件《くだん》の出来事が起こってからのラァトセッカの動きは、素早かった。

まず、王城内を掌握。

影の者と王城内の実務を司《つかさど》る者達を手勢にしていたラァトセッカにして見れば、ごく簡単なことである。

何しろ、国王にしろ兄達にしろ、貴族以外の者は、貴族に付き従う者としか見ていなかったのだ。

少々手を回しさえすれば、味方につけるのは容易かった。

実務を担う者達が味方であれば、何をするのも簡単だ。

貴族達も、存外素直にラァトセッカが王座に就くのを受け入れた。

彼らの既得権益を保証してやり、さらに新しい魔法技術を与えてやったお陰だ。

中には新しい魔法に抵抗を覚える者もいたようだったが、王城での一件がそういった者達の考え方を変化させていた。

危機感を煽られ、少しでも戦力を確保しようとするようになったのだ。

ラァトセッカとしては、願ってもいない、実に好ましい変化だった。

実に簡単に、貴族達はラァトセッカの思惑通りに動いてくれている。

口やかましく、賢《さか》しいことを言ってくる貴族はいなかった。

そういった気骨のある者は、次男が宴の折に討ち取ってくれている。

ラァトセッカは誰からも非難を受けることも、妨害を受けることもなく、王座に就いた。

国王交代の混乱に紛れ、ラァトセッカは自身が集めた手勢を貴族や国民に受け入れさせていった。

ラァトセッカ自身が「魔眼」を用いて才を見出した、異能を持つ者。

あるいは、研究を異端と断じられて祖国を追われた、魔法研究者。

そういった者達を、国王の名で召し抱えたのだ。

新たな国王直属ということで、面と向かって何かを言ってくる者達はいなかった。

もちろん内心では蔑視《べっし》していただろうが、それもすぐに霧散することになる。

異能の者達は、他国との小競り合いで大いに活躍を見せた。

魔法研究者達が作り上げた魔法や魔法の道具を使い、容易く周辺諸国の兵を打ち払う。

そして、それらの技術を惜しげもなく貴族や国民に振舞った。

貴族は戦場で振るう力を手に入れ、国民の生活は様々な魔法と魔法の道具で豊かになっていく。

長男が行っていた政策を土台にすれば、国内の改善は楽だった。

既に行われていたもの、いまだ計画段階だったもの。

どれもこれも有用で、ラァトセッカはそれらを有難く活用したのだ。

国内は急速に安定していき、ラァトセッカは国王として認められていった。

ただ、国内で評価されるということは、周辺諸国からは苦々しく見える。

異端、異能の者を重用するその手法から、周辺諸国はいつしかラァトセッカのことをある別称で呼ぶようになっていた。

魔王。

知能を持つ魔物や、ダンジョンの主といった存在が呼ばれる、あるいは自称する名であった。

明らかに侮蔑《ぶべつ》を含んだその呼び名を、ラァトセッカは笑って受け入れた。

「なるほど、魔王か。さもありなん、我が国は今や異端の魔法によって立つ国になりつつある。ならば確かに、その国の王は魔王で間違いない」


面白がった、と言うところもある。

だが、ラァトセッカはそれ以上に、名の持つ力を使おうと考えたのだ。

自ら魔王を名乗り、手勢を使って力を誇示する。

実際のところ、ラァトセッカの手勢、特に側近達は、まさに「魔王の配下」というような力を持っていた。

元々の才に加え、竜薬を飲んでいたからだ。

魔眼によって選りすぐられた才覚に、竜薬による増強。

さらに、異端の研究者たちが手掛けた、魔法や魔法の道具。

それらを身に着けた異能の者達は、「魔王の配下」そのものといった有様になっていた。

魔法を操り、魔の者を手勢とする「魔王」。

ラァトセッカが自らそう名乗り始めると、国中が好意的に受け入れた。

戦に強く、国内を豊かにしてくれている。

それが恐ろしい名を名乗っているから、何だというのか。

いや、むしろそんな恐ろしい「魔王」が、自分達の王なのだ。

敵であるならばともかく味方であるならば、こんなに頼もしいことはない。

貴族や国民は「魔王」ラァトセッカを、褒め称えた。

「魔王」のうわさが広まれば広まるほど、ラァトセッカの元には多くの者が集まってきた。

別の場所では蔑《さげす》まれ虐《しいた》げられたとしても、「魔王」の下ならば才覚を示せば取り立てられる。

「才ある者を集め、大きな優遇を約束して召し抱える。まるで我が国の建国時のようではないか」

ラァトセッカは現在のグライツリィス魔法国の様相を指して、そう言って笑った。

確かに全く同じではないものの、近しさはある。

「ならば、建国当時のように。魔王のように。少し、欲張るとしよう。自国を脅かすものを打ち払うのでも、小競り合いでもない。領地を、富を争う戦をしよう。建国時のように新しく、魔王のように悪辣《あくらつ》な手で」

手勢となった中に一人、面白い研究をしている者がいた。

植物は、魔法の力の影響で魔物に変化することがある。

その性質に手を加えて、植物を望む場所、望む時に魔物へと変化させ、その行動を制御し、兵器として運用する。

危険で異端な研究とされ、祖国を追放された人物である。

実際、真っ当な発想でないことは間違いない。

だが、今のグライツリィス魔法国にとっては、実に魅力的な技術であった。

自国の兵力を削ることなく、他国を害することができる。

しかも、暴れるのは魔物であって、人間ではない。

魔物を発生させた事実、発生させたのが誰かという真実さえ隠すことができれば、報復を恐れることもなく、一方的に攻撃ができる。

この上なく、都合が良い手法と言える。


「魔王が魔物を使って戦を仕掛ける。ははは、まるでおとぎ話だ」


だからこそ、面白い。

ラァトセッカは手勢を呼ぶと、手はずを整えるようにと指示を出した。

七人の冒険者が「魔王」を打ち倒し、「七英雄」と呼ばれるようになる、しばらく前の話である。

司祭と三人の旅立ち

その日、教会の一室には多くの聖職者が集まっていた。

居並ぶ高位聖職者達の前には、一人の少年が立っている。

少年の前に立つ者達の顔には、一様に気遣《きづか》わしげな表情が浮かんでいた。

対する少年はといえば、胸を張り、どこまでもまっすぐに彼らを見返している。

高位聖職者の一人が、いかにも困ったというように溜息を吐《つ》く。


「持って回った言い方はやめよう。ロブ。確かに君の実力は認める。だが、若い。あまりにも若すぎる」

「左様。魔法、体術、ともに申し分は無い」

「世事《せじ》に関しても、むしろ私達よりも通じているだろう」

「しかし、しかしだ。君はまだ、若すぎるのだ」


彼らの言葉に、侮ったような色は無い。

含まれているのは、どこまでも少年を気遣《きづか》った想いであった。

若い、と高位聖職者達は言ったが、それも少年を慮《おもんぱか》った言葉である。

本来であれば、幼い、と表現した方が正しいだろう。

ロブと呼ばれた少年は、まだ幼い子供だったのだ。


「ご心配頂き、有難うございます」

礼を言うロブだったが、その目はまっすぐに向けられたままであった。

「ですが、私の意思は変わりません。試練を受ける許可を、頂きたく思います」


礼の姿勢を取ったままのロブを前に、高位聖職者達は顔を見合わせる。

既に何度も話し合い、何とか思い止まらせようとしていた。

せめて四年、いや、三年後であれば、もう少し安心して送り出すことができたかもしれない。


「仕方あるまい」

「許すおつもりか。しかし、それはあまりに」

「もはや、止めても仕方あるまい。既に能力は申し分ないのだ。問題があるとすれば年齢だけだが。しかしそれとて、前例が無い訳ではない」

「本人の意思も固い。ならば、やらせてみるのも良かろう」

最後まで反対に回っていた高位聖職者も、諦めたように溜息を吐く。

「良いでしょう。ただし、必ず行く先々の土地の教会を尋ねること。危険があれば、助けを求めること。危険に身を晒《さら》すことが目的ではない。あくまで心身を鍛え、その成果を示すことを主眼としたものなのだ。努々《ゆめゆめ》そのことを忘れぬように」

「心得ております。必ず、成果を上げてまいります」

未だに心配げな高位聖職者一人一人の顔を、ロブは真正面から見つめ返すのであった。


「お前らいい加減、もうちょっと難易度高い仕事も受けてくれよ」

疲れた表情のギルド支部長にそう言われ、クロタマ、ガルツ、ミラーラの二人と一匹は、顔を見合わせた。

場所は、クロタマ達が拠点にしている村のギルド支部。

支部を預かる支部長自らが受付に立つような、ごく小さな村である。

「なんいどのたかいしごと。って。難しい仕事ってことでしょ？　なんでオイラ達に言うのさ」

「お前達しか腕の立つ冒険者がいないからだよ」

不本意そうな支部長の言葉に、クロタマは首を傾《かし》げた。

二人と一匹がパーティを組んでから、しばらくが経っている。

最初のうちは仕事を失敗することもあったが、最近は仕事の選び方や、事前の準備も慣れてきている。

だが、支部長の言葉に、ガルツは「いやいや」と顔をしかめた。

「俺達、ようやくギルドが用意してくれた宿を出たところですよ？」

「そうそう。そんな実力ないって」

ガルツに同意するように、ミラーラが頷く。

クロタマも同じ意見のようで、大きく頷いていた。

このギルド支部では、駆け出し冒険者用に安宿を用意してくれている。

一部屋に二段ベッドが二つあるだけという凄まじく簡素な作りではあるが、寝泊まりするには十分であった。

駆け出し冒険者が多く集まるこのギルドならではの配慮であり、数日前まで、二人と一匹もそのお世話になっていた。

のだが。

「お前ら、結構前から別の宿取れるぐらい稼いでただろ。何に使ってたんだ」

支部長が言うように、クロタマ達はだいぶ前からそれなりの金額を稼げるようになっていたのだ。

本来ならとっくの昔に、別の宿に移っていてよかったのである。

にもかかわらず、安宿を出ようとしなかった。

あまりに長居するので、支部長に追い立てられ、ようやく別の場所に動いたほどだ。

「何にって。別に何にも使ってないよ。お金貯めてただけで」

ミラーラの言う通り、稼いだお金の大半は、しっかりと貯め込んでいた。

たまに、ぱっとご馳走を食べることもあるのだが、お金を使うのはその程度。

それにしたところで、頭に「それなりの」が付く程度のご馳走である。

一般のギルド職員あたりがたまの贅沢で食べるご馳走の方が、よほど豪勢だろう。

「良い心がけだが、貯めるなよ。冒険者なんだから。次の仕事のために投資しろって。良い宿に泊まって体を休めるのも、重要な冒険者の仕事だぞ」

「別にあそこで十分寝れてたし。ねぇ、ガルツ」

「だなぁ。俺の実家より、ずいぶん寝やすいですよ。あそこ」

「そうそう。冒険者っていい所で暮らしてるんだなぁー、って思ったよねぇ」

頭をかきながら言うガルツに、ミラーラは我が意を得たりとばかりに頷いた。

ガルツもミラーラも、農家の出身である。

次男、次女以下である二人の実家での扱いは、それ相応のものだった。

特に五男であるガルツは如実で、ベッドに寝るのも贅沢だ、と思っているほどだ。

「オイラ、あの安宿の方が寝やすいかなぁ」

少々事情は異なるが、クロタマも難しい顔で腕組みをしつつ、頷く。

子猫時代からクロタマは、暗くて狭い所が好きであった。

それは今も変わっておらず、ギルドが用意した安宿のベッドは、なかなかに理想的な寝床だったのだ。

割り振られたのが一番端の部屋だったのも、有難かった。

寝ぼけて変身の魔法が解けて猫の姿に戻ってしまっても、誰にも見咎《みとが》められることが無いからだ。

二匹と一匹の主張に、支部長は眉間を指で押さえた。


「向上心を持て、向上心を。お前ら何のために冒険者になったんだ」

「そう言われましても。俺もミラーラも、食べていくために冒険者になった口ですから」

「それにしたって欲が無さ過ぎるだろ。ていうか、結構あれこれ他に頼むには危なそうな依頼もあるんだよ。無理にとは言わんが、一つ二つでも考えといてくれって。頼むから」


なんだかんだ、クロタマ達は普段から支部長には世話になっていた。

拝むようにして頼まれてしまえば、無下《むげ》にはできない。

結局、クロタマ達はいくつかの仕事の内容を確認し、引き受けることとなったのだった。

宿に戻ったクロタマ達は、顔を突き合わせていた。

浮かんでいるのは、どこか困惑した表情である。

「村の家畜を襲うジミドリザルを追い払う。または討伐。って。なんでそんな仕事選んだの」

「一番マシそうなのがこれだったんだろ。皆で選んだだろうに」

「ジミドリザルかぁ。厄介な相手だよねぇ」


実に嫌そうな顔で、ミラーラは呟く。

名前に「ザル」と付いているが、ジミドリザルは猿の仲間ではない。

トカゲの仲間であり、器用で強靭《きょうじん》な前足を持っている。

尻尾は無く、全身が緑色の羽毛で覆われていた。

肉食性であり、草原地帯で群れを作って暮らしている。

時々家畜や人間を襲うこともあるため、村に近づきすぎた群れは、追い払うなり、討伐しなければならなかった。

ちなみに、ミドリザルという名前の生き物がいるのだが、姿かたちは似ているものの、まったく別の生き物である。

いささかややこしいが、見た目から名付けられただけに仕方ないだろう。

「特定の縄張りを持たないで移動し続けるから、上手く追い払えれば怖くないんだって。でも、簡単にエサが獲れるとわかると、結構しつこいんだってさ」

「クロタマ、よくそんなこと知ってるな」

「兄弟に、生き物に詳しいのがいるんだよ。いろいろ教えてもらってね」

「クロタマの兄弟って、にゃんこなんでしょ？　にゃんこにもそういうのが好きな猫がいるんだ」

「冒険者になった変猫もいるしね」

クロタマの物言いに、ミラーラは思わず吹き出す。

ガルツも笑うが、すぐに難しそうな顔に戻った。

「今回のジミドリザルは、村の家畜を襲ってる。ってことなんだろ？　ってことは」

「結構しつこい。だろうね。ちょっと厄介だと思う」

「そうなるよなぁ」

ガルツは悩ましそうに唸った。

ジミドリザル一匹ならば、大きさは大型犬程度だし、魔法を使うこともないので、さほど厄介な相手ではない。

問題は、群れだ。

ジミドリザルは、十匹から二十匹の群れを作り行動する。

「村の家畜を襲ってるジミドリザルってさ、十匹ぐらいいるって話だったよね」

「群れとしては小さい方、ってこと？」

「そうなるかなぁ。でもさぁ、オイラ達二人と一匹しかいないよ」

頭数が明らかに足りていない。

ギルドからの情報が正しいとしても、十対三ということになる。

十匹ぐらい、という話だったから、もっと多い可能性もあった。

「ケット・シーってさぁ、狩りが得意なんでしょ？　どうにかできない？」

「ジミドリザルって草原の生き物でしょ。オイラ達は森に住む猫だし。狙ったこともないよ。まずそうだし。ネズミの方がおいしいって、ぜったい」

ジミドリザルは、猫よりもずっと大きい。

しかも群れで暮らしているので、狙うには危険が多すぎる。

あまつさえ、マズそう、となれば、獲物として狙うことなどない。

とはいえ、それは冒険者になる前の話だ。

ガルツやミラーラとパーティを組んでからは、ジミドリザルの群れとも何度かやりあったことはある。

村の外を歩いていると、たまに襲ってきたりするのだ。

ただ襲われるわけにもいかないので追い払うことになるのだが、クロタマ達は特に危なげもなく、戦うことができた。

正直なところ、ジミドリザルの群れならば、十二、三匹であれば、相手取ることができるだろう。

だが、好んで戦いたいか、となると、話は別だ。

「ずいぶん連携にも慣れてきたけど。だからって、進んで戦いたいって訳じゃないしなぁ。安全第一っていうし」

「報酬は良いんだけどねぇ」

危険な仕事は、相応に報酬もよくなる。

腕だけで考えるなら十二分に引き受けられる仕事だし、普通ならば張り切るところだろう。

「だけど、俺もミラーラも、そもそも高い報酬が欲しくて冒険者を始めた訳じゃないからなぁ」

「魔法学校の入学試験に落ちたミラーラが、ガルツを誘って冒険者になったんだったよね」

「クロタマ、よくそんな話覚えてるな」

ガルツもミラーラも、何か大きな目標があった訳ではなく、単純に、食い扶持《ぶち》にありつくために冒険者になったのだ。

支部長は、向上心を持て、と言っていたが、正直二人とも今の暮らしに満足していた。

「そういえば、クロタマが冒険者になった訳って、聞いたことなかったけど。何か理由があるの？」

「子猫の頃に、森で狩りをしてる冒険者を見たことがあってね。それがすごくかっこよかったから」

クロタマは思い出すように、目を閉じた。

少数の冒険者が、オオカミの群れと戦うその様子は、冒険者を目指すきっかけになった光景だ。

クロタマにとっての原点と言っていい。

今にして思えば、あの冒険者達は本当に凄腕だった。

自分達よりもはるかに数が多い、それも連携して狩りをするのが得意なオオカミを、あっという間に倒してしまったのである。

「子猫の頃はさぁ、すごいなぁー、としか思わなかったけど。今思い出してみると、すっごく息の合った動きでさぁ」

「子供の頃の憧れ、ってやつか。じゃあ、難しい依頼をこなしてみたい、って思ったりするのか？」

「ぜんぜん。オイラ、強い敵を倒してることじゃなくってさ。息の合った連携！　みたいなのがかっこいいな、って思ったんだよ」

強い獲物を倒す、と言うのには、正直興味が無かった。

それよりは、パーティとして効率よく動く姿に、憧れたのだ。

「ってことは。クロタマもガルツも、ジミドリザル退治には乗り気じゃないってことかぁ。

できれば断りたいーって、訳にもいかないかぁ」

「えー。あんなにやりたくないってゴネてたのに」

ミラーラは依頼を受けたくないと、ゴネにゴネまくっていた。

地団太を踏み、ギルドの床を転げ回ったのである。

口先よりも、体で感情を示すのがミラーラ流であった。

「だって、畜産家の人が困ってるって話だったでしょ？　ほっとけないじゃん、そんな話聞いちゃったら」

「ミラーラってそういうところあるよね」

「基本的に悪い奴じゃないんだよな。がめついしあんまり頭良くないけど」

「なに、ケンカなら買うよ」

威嚇《いかく》するように拳を構えるミラーラだが、迫力はまるでない。

「まぁまぁ。さっさと明日の準備しよう」

「朝一番でギルドに行くんだったよね」

「何日か泊まり込みになるかもだからな。保存食持っていった方がよさそうか？」

「ちょっと！　私のことなんだと思ってるの⁉」

そんな風に騒ぎながら、二人と一匹は依頼の支度を始めるのだった。

クロタマ達が世話になっているギルド支部。
そこを預かる支部長は、思わぬ人物の訪問に、いささか戸惑っていた。

「まさか、司祭様にお越しいただけるとは思わず。連絡の行き違いがあったようで、申し訳ありません」

恐縮し切りといった様子で、支部長は額の汗をぬぐう。
ギルドカウンターの奥にある応接机を挟み、支部長の向かいに座っているのは、年若い、というより、幼さの残る少年であった。
だが、支部長に侮る素振りは微塵もなく、むしろ緊張した様子で、丁寧に接している。
少年の方も、特にそれを疑問に思う様子もなく、むしろ当然といったふうに、落ち着いて対応している。

「いえ、そのお話は伺っています。墓場にある小屋で、野菜を魔物化させた者がいたのだとか」

「はい。司祭様のお手をお借りするような事態ではありませんでした」


少し前のことだ。

村の墓地で、動く死体の目撃騒動があった。

それを確認するためにクロタマ達が張り込むことになったのだが、動く死体はおらず、その代わりに墓地の小屋に出入りする怪しい男達を発見。

その男達が小屋で何をしていたのかは正確にはわからないが、話し合いをしていたらしい男達は、そこで野菜を魔物化させてしまった。

男達にとってもそれは手違いだったらしく、逃げて行ってしまう。

クロタマ達は野菜の魔物を何とか退治し、事なきを得たのだった。

「野菜の魔物は、非常に強力ですからね。腕の良いパーティがいたようで、幸いでした」

「ですので、せっかくお出《い》でいただいたのですが」

申し訳なさそうな支部長に、少年は「いえ」と首を振る。

「アンデッドがいるかもしれない。そういった噂が負の力を招き、本当にアンデッドが発生する。ままあることです。まして、死者が眠る場所で騒ぎがあったとなれば、なおさらでしょう」


支部長は思わず呻いた。

少年の言うとおりだったからだ。

一度アンデッドが発生し始めると、沈静化させるのはなかなか大変な作業になる。

「差し支えなければ、しばらく滞在させて頂きたいと思います。その間、墓地で聖句を唱えるなどの儀式を行えば、負の力は散るでしょう」

「有難いことです。ただ、その。お布施の方は」

「依頼されていないことを、私が勝手にするだけです。頂く訳にはまいりませんよ」


支部長としては、願っても無い申し出だった。

本来、そういった儀式が行える聖職者に「お出でいただく」には、相応のお布施が必要になるが、普通ならば、お布施は自治体がお渡しすることになる。

だが、この辺りは農村で、それほど裕福ではない。

ギルド支部も「地元の仲間」として、ある程度の額を出さなければならないのだ。

小さなギルド支部にはかなりの痛手であるが、それを何も受け取らずにやってくれる、というのだ。


「ただ、その代わりといってはなんですが、一つお願いがあります」

「お願い、ですか？」

「難しいことではありません。ただ、件の冒険者の方々を、紹介して頂きたいのです」

「構いませんが、差し支えなければ、理由をお聞きしても？」

「場合によりますが。パーティに、入れて頂ければ。と思いまして」

「はい？」


思ってもいなかった言葉に、支部長は思わず裏返った声を出した。

🐾 🐾 🐾

日が昇ってすぐに、クロタマ達は宿を出た。

向かうのは、いつも世話になっているギルド支部である。

「借りるのって、寝袋だけでいいの？　天幕は？」

「近くの農家さんや畜産家さんが、納屋なんかを貸してくれるらしいぞ」

「そうなの⁉　墓場で仕事したときなんて、地べたでごろ寝だったのに！」

「あれは別に、あの場所で寝る必要なかったからな」

「ミラーラが戻るのめんどくさいし、あったかい季節だからここで寝ようって言ったんじゃん」

「ぜんぜん覚えてない」


そんなことを話しながら歩いていると、ほどなくギルド支部が見えてきた。

まだ朝早くだからか、他の冒険者の姿は無い。


「えーっと。毎回襲われてる畜産家さんの所に行って、張り込み。ジミドリザルが来たら、追っ払うか討伐する。で、いいんだっけ」

「そう。で、ジミドリザルは明け方と夕方ごろに狩りをするから、張り込む俺達はその場を動けない訳。これからこんな朝早くに行くのも、それが理由だな」

「いつ襲ってくるかわかんないしね」


ガルツとクロタマの言葉に、ミラーラは露骨にげんなりする。

「相手は野生の魔物だからな。いつ襲ってくるかわからないし、一回追っ払って諦めてくれるかもわからない」

「早く来てくれなかったら、結構日数かかるかもねぇー」

「うへぇー。もっと楽な仕事選べばよかったぁー」

「これが一番マシだったじゃんか。ほら、いくよー」


クロタマはミラーラの背中を押しながら、ギルド支部へと入っていく。

ガルツも苦笑しながら、それを追う。

ギルド支部に入ると、すでに職員達が仕事を始めていた。

彼らの仕事は、冒険者が来る前から始まっているのだ。


「おう、こっちだ」


クロタマ達に声をかけてきたのは、支部長であった。

カウンターの前に立ち、手を振っている。

作業をしている職員達の間を縫って、クロタマ達はそちらへと近づく。

軽く挨拶を交わすと、すぐに仕事の話に入る。

「寝袋は訓練場の方に置いてある。納屋を貸してくれる家の場所は、伝えたっけか？」

「昨日、教えてもらいました。ちゃんと屋根と壁と床があるところ、でしたよね」

「そうそう。作業場を兼ねたところでな。今の時期は使わないから、寝床にしてくれて構わないってさ」


この申し出は、大変に有難かった。

昼間はまだしも、朝夕は冷え込む季節である。

寒空の下で凍えながら寝るというのは、できるなら避けたいところだ。

「それで、だ。実はお前さん達の仕事を手伝いたいって人がいてな」

「手伝いたい、人？　一人ってことですか？」

ガルツの疑問に、「そう」と支部長は頷く。

「なんて説明していいのかアレなんだが。まぁ、会ってみた方が早いか。外にいるから、着いてきてくれ」

さっさと外へ向かう支部長に、クロタマ達は顔を見合わせた。


ギルドの外にある、訓練場とは名ばかりの空き地。

普段は荷物置き場か、あるいは冒険者試験のためにしか使われないそこで、魔法の訓練をしている人物がいた。

球形にした火、水、土、光などを空中に浮かべ、ゆっくりと体の周りを旋回させる。

「うわぁ。あれ、宮廷魔術師の人とかやってたやつだ。すんごいむずかしい魔法の練習方法」

「宮廷魔術師って。普通会えないだろ、そんな相手」

「そうなの？　お城に行くとよく会うよ？」

そもそも普通はお城になんて行けないんだよ。

ガルツはぐっと、その言葉を飲み込んだ。

そんな話をここでしては、墓穴を掘りかねない。

クロタマの正体が、実は森に住む猫だ、というのは、秘密なのである。

「へー。アレで魔法うまくなるんだ。ていうか、そもそもアレができるんだったら、もう魔法うまくない？」

怪訝そうな顔のミラーラに、クロタマは大きく頷く。


「ミラーラにはムリだろうね」

「すぐ暴発させるもんな。魔法」

「ちゃんと呪文唱えればいいのに。楽《らく》しようとするからだよ」


クロタマが言うように、呪文をきちんと唱えさえすれば、ミラーラはまともに魔法を使うことができた。

だが、すぐに手を抜くので、頻繁に魔法を暴発させていたのである。

暴発といっても、何も本当に爆発するわけではない。

一応求める効果は出るのだが、あまりにも火力過多になってしまったり、効果が薄かったり、凄まじく不安定になってしまうのだ。

ミラーラはむっとした顔で何か言おうとしたが、別の声にかき消される。

「おう、お待たせ」

両手に荷物を抱えた、支部長であった。

折りたたまれた寝袋と思《おぼ》しきものはかなりの大きさであったが、支部長は難なく持ち上げている。

「あれが、手伝いたいって方ですか」

「そう。お前達が来るまで訓練をしているって話だったんだが、思ったよりもお前達が早く来てな」

「ていうか、あの人って何者？　服装から正体がわからないー、っていうか」

首を傾《かし》げながら言うミラーラに、支部長は「まぁなぁ」と頷いた。

大抵の冒険者というのは、自分の役割をこなしやすい格好をしており、装備や服装を見ればどんな人物か分かるものである。

人間相手ならば偽装の一つもするかもしれないが、大抵の冒険者が相手にするのは、魔物や魔獣の類であるのでそんなことをする必要は無く、自然と装備や服装は「わかりやすく」なるものであった。

だが、その少年の格好は、いかにも「わかりやすく」ないものだったのだ。

「聖職者の人が着る服に、マントと帽子と杖って。司祭さんと魔法使いが混ざってるような」

「混ざってるっていうか。両方なんだよ。ていうか、冒険者になる聖職者様がいらっしゃるの、知らない？」

「いや、聞いたことも無いですが」

「私も知らない」

「オイラも」

「一体どんな田舎《いなか》から出て来たんだよ」

呆れながら、支部長が説明をしてくれた。

いわゆる教会の司祭にも、序列がある。

それは様々な要素で決まるのだが、その一つが徳目《とくもく》をいかに達成したか、というものであった。

数多《あまた》いる神々の中には、冒険を司るものもいる。

「ギルドが紹介する冒険者仕事ってのは、基本的に人の役に立つことだろ。それをこなすこともまた、徳目であるってことでな。坊さんの中には、修行として冒険者になるのもいるんだよ」

「あー。それで、時々お坊さんが冒険者やってたのかぁ」

王都近くの「しょしんしゃの森」で生まれ育ったクロタマは、多くの冒険者を見てきており、その中には聖職者もいたのだが、理由は良く分っていなかったのだ。

「ただ、その修行、試練を受けられるのは、それなりに地位と実力がないとダメでな」

「ってことは、あの人ってそれなりに高位のお坊さんってこと？」

首を傾げるミラーラに、支部長は頷いて見せた。

「そういうこと。っていうか、それなりにどころじゃないぞ」

「支部長とくらべて、どっちがえらいの？」

まっすぐなクロタマの質問に、支部長は苦い顔を作る。

「比べるもんじゃないんだが。まぁ、ぶっちゃけて言えばあれだな。向こうが上だよ」

「支部長より？　あの人すごいんだぁ」

「あのなぁ。そもそも俺は、ただの小さな村のギルド支部長だぞ？　比べるところが違うっての」

そんな話をしていたクロタマ達を、ガルツが突《つつ》く。

振り返って見ると、先ほどまで魔法の訓練をしていた人物が、こちらに歩いてきていたのだ。

そこで、クロタマ達は違和感を持った。

近づいてくるにつれ、その違和感はどんどん大きくなっていく。

「支部長殿。彼らが、件のパーティでしょうか？」

聞かれた支部長は「そうです」と肯定すると、地面に荷物を置いた。

「ガルツ、ミラーラ、そしてクロタマ。野菜の魔物を倒したパーティです」

「はじめまして。私はロブ。教会で、司祭という階位を頂いております」

聖職者、ロブは帽子を手に取ると、深々と頭を下げる。

それをポカンとした顔で眺めていたクロタマ達だったが、最初に口を開いたのはミラー

ラだった。


「えっ、子供じゃん」

「お前っ！　なんてことをっ」


慌てる支部長に対し、ロブは気にしていないというように首を振る。

実際、ロブはまだ子供と言って良さそうな外見であった。

ミラーラより少し背が低いぐらいであり、男性、というよりも、男の子、といった方がしっくりくるような姿だったのだ。

どこまでも真剣な、にこりともしない表情だが、どうやら元々そういう顔立ちらしい。

支部長に指摘され、ミラーラは慌てて頭を下げた。


「なんか、すみません」

「お気になさらず。実際、私はまだ子供と言われるような年齢ですので」


困惑するクロタマ達を他所《よそ》に、ロブは言葉を続ける。

「お話は、支部長殿からお聞き及びと思います。差し支えなければ、皆さんのお仕事の手伝いをさせて頂きたいのですが。いかがでしょう」

「有難いお話です。けど、なんでまた、俺達と？」

困惑する二人と一匹の中で、ようやくそう口にしたのはガルツであった。

「皆さんに、興味があるからです」

「俺達に興味、ですか」

「皆さんの実力を見させていただき、私の実力も見てもらい。双方に問題がないのであれば。私をパーティに加えていただきたい。と、思っているのです」

どこまでもまっすぐに、真剣な表情で言うロブに、クロタマ達はただ顔を見合わせるのであった。


ジミドリザルが出没するという放牧場にやってきたクロタマ達は、さっそく畜産家へ挨拶をすることになった。

相当被害に困っていたらしく、畜産家とその家族にとどまらず、周辺農家からも歓迎を受けた。

依頼を出したのは専業で牧畜を営んでいる家だったのだが、被害はそこだけにとどまっていないらしい。

「この辺りは、農家でも鳥を飼っていることが多くてね。それがやられるんだよ」

「追っ払おうにも、流石《さすが》に俺達じゃどうにもならなくってなぁ」

「いや、危ないですよ。相手は魔獣ですから」

ガルツが慌てて言うのも、無理はなかった。

魔法こそ使わないが、ジミドリザルは危険な生き物である。

体つきこそ猿に似ているが、前脚と後ろ足には狩猟に適した大きな鍵爪があった。

それが、集団になって襲ってくるのだ。

戦い慣れない人はもちろん、駆け出し冒険者程度ではとても対応できない相手である。

「戦おうとなんてしてないですよね？」

呆れと心配を含んだ顔のガルツに、畜産家の男性は首を横に振る。

「そもそも、姿を見せやがらねぇんだ。人間を警戒してるのかもなぁ」

それを聞いたクロタマは、顔をしかめた。

クロタマの様子を見ていたロブが、質問する。


「どうかしましたか？」

「人間を警戒してるとしたら、めんどうだなぁーって」

「見つけにくい、ということでしょうか」

「それもあるんだけど。人間が育ててる、ってわかってるとするとね。ここで追っ払っても、ほかのところで似たようなことをするかもしれないんだって」

そういうことがあるって聞いただけだし、ジミドリザルに当てはまるかわかんないけど。

というクロタマだが、ロブは「なるほど」と感心した様子で頷いた。

実際、家畜の味を覚えた野生動物や魔物が頻繁に牧場を襲う、というのはよくあるのだ。

「おい、クロタマ！　言葉づかい！　相手は司祭様だぞ！」

「あ、ほんとだ。えーっと、すみません？」

ガルツに言われ、クロタマは思い出したように頭を下げる。

だが、ロブは「気にしないでください」と首を横に振った。

「今の私は、ただの冒険者。皆さんの仕事についてきただけの魔法使いです。まして、年も下ですので」

たぶん、年はおいらのほうが下だよ、と思ったクロタマだったが、口には出さなかった。

人間と森にすむ猫とでは、成長速度が違うのだ。


「そうは言いますが」

ガルツは困ったように頭をかいた。

どちらかというと、ガルツは権威や立場といったものに弱い部類なのだ。

「本人がこう言ってるんだから、気にするほうが失礼だって」

「そうだよ」

対して、ミラーラとクロタマは、まったく気にしていない様子だった。

見た目は大柄だが案外繊細なガルツに対して、ミラーラとクロタマは、案外図太かった。パーティの牽引役はガルツなので、これはこれでバランスが取れているのかもしれない。


三人と一匹は、一軒の納屋に案内された。

納屋といってもなかなか立派なもので、板敷きの床になっている部分まである。


「ここは建て替えたばっかりでな。出荷作業をするのに使ってるんだ」

「だから新しい木のにおいがするのかぁー！」

「板敷の床、しっかりしてる！」

「そこは靴を脱いで上がることにしてるんだよ。その方が選別やらがしやすくってな。ついでに、そこで昼寝なんかもできるからさ」

「いいなぁー、こういうの」

「仕事はかどりそうだねぇ」


はしゃぐクロタマとミラーラに、持ち主である農家は自慢げな様子である。

表情は変わらないものの、不思議そうに首をかしげるロブに、ガルツはそっと近づいた。

「あの二人は本心から褒めてるんですが。ああやって依頼人と交流を持っておくのは大事なんですよ」

「そういうものですか」

「あんたら、飯はまだなんだろ？　うちで採れて、ここで加工作業をした芋があってな！　それで芋のスープ作ってやるよ！」

「やったー！　スープだー！」

「いーも！　いーも！」

気を良くした農家の男性が、食事をご馳走してくれることになったらしい。

はしゃぐクロタマとミラーラを見て、ロブは無表情ながら感心したような声でうなる。

「ああして、依頼人と信頼関係を作るのですね。勉強になります」

「しなくていいと思います」

ガルツは何とも言えない苦笑いを浮かべるのだった。


ご馳走になったスープはとても美味《おい》しく、三人と一匹にとってはとてもありがたい食事となった。

体も温まり、元気も出たので、さっそく仕事に取り掛かることにした。

ジミドリザルは明け方と夕方に動くのだが、今のうちに現場を確認しておくことになったのだ。


「明け方や夕方は視界が悪いからな。今のうちにしっかり見ておかないと」

「オイラは平気なんだけどなぁー」

「クロタマさんは、夜目が利くんですか？」

「え？　ああ、オイラ、森の近くで育ったからさ」

「なぜ森で育つと夜目が利くのかはわかりませんが。そういうものですか」

ロブはけっこう素直な気質らしい。

冷や汗をぬぐうクロタマだったが、発言には気をつけねば、と気を引き締めなおす。


「襲われたって鳥小屋、これかぁ」

ほどなくして、鳥小屋に到着した。

木製の格子で覆われたもので、なかなか頑丈そうに見える。

何本か、真新しい木が使われている箇所があるのが分かった。

ガルツはその個所を触りながら、周囲を見回す。

「ここを壊して、中に入り込んだのか」

「鳥はすべて食べられたわけではない、とおっしゃっていましたが。なぜでしょう？」

「んー。多分、食べきれないからじゃないかなぁ」

ロブの疑問に答えたのは、クロタマだった。

「同じ日に、ほかの場所でも家畜をおそってる、ってはなしでしょ？　それ以上は、お腹一杯だったんだとおもうよ」

「食べられないと、襲わないものなの？」

ミラーラも疑問に思ったらしく、首を傾げながらたずねる。

クロタマは、「たぶんね」と答えながら頷いた。

「狩りって、する方も結構危ないからね。ケガとかしたら大変だし。獲物を運ぶのだって、意外と大変なんだよ。重いものを運んでるときに襲われたら、逃げられないからね」

「となると、やっぱりジミドリザルの群れは十匹ぐらいかもな」

小屋の中にいる鳥の数を数えていたガルツが、クロタマたちの方へ振り返って言う。

「この鳥小屋が襲われた日に、他の家畜も襲われてるって話だっただろ。食べる分だけ襲ったとなると、大体そのぐらいだろう」

「襲われた家畜の数から、群れの数を逆算するわけですか」

「ジミドリザル一匹がどのぐらい食べるのかわからないので、おおよそですが。といっても、当てになるかどうかわかりませんよ？」

とはいえ、それほど見当外れともいえないだろう。

クロタマの見立てとも、同じであった。

「また同じところを襲うかな？」

ミラーラの質問は、他の皆に対するものだった。

「同じところとは限らないが、このあたりの家畜は狙われるだろうな」

「ほかのところも襲われてるって話だもんね」

「そうなると、範囲が広いですね」

ロブの言う通り、この辺りは畜産を専門にする畜産家以外にも、少数の家畜を飼育している農家なども多かった。

襲われる恐れのある場所は、かなり多いのだ。

依頼人が一軒の畜産家だけであれば、守るのはそこだけでいいが、今回の依頼は、この周辺の農家、畜産家全体から出されたものだったのだ。

「見回りする方法もあるけど、あまり良い手ではないだろうな」

「なんで？　人の気配がしたら、近づかなくなるんじゃない？」

「一時的にはな。だが、それで諦めてくれはしないだろう。多分。俺達がずっとここに張り付いてるわけにもいかないし」

ガルツの答えに、ミラーラは納得したように頷いた。

「戦って危険だって思わせるか、あるいは全部討伐するか。何かしら根本的な解決は必要ってことだな」

「ってことは。ひろーい範囲のどこに出るかわからないジミドリザルの群れを、見つからないように注意しながら探し出して。びしーっと討伐しなくちゃいけないってこと？」

「そういうこと」

見るからにげんなりするミラーラだったが、ガルツとしても気持ちは同じであった。

ジミドリザルの群れは、人間を警戒している節がある。

待ち伏せぐらいはできるかもしれないが、相手はどこに現れるかわからないのだ。

「人数がいればどうにかなるかもしれない、が。こっちの頭数は四だからなぁ。こりゃクロタマに頼るしかないか」

「クロタマさんに、ですか」

聞いてきたのは、ロブだった。

ガルツは大きく頷き、クロタマの肩を叩く。

「こう見えて、腕の良い斥候なんですよ。クロタマは」

なにしろ、クロタマは「森に住む猫」ケット・シーである。

森の中での狩りの技術を生かせば、ジミドリザルに気付かれずに動くことも可能だろう。

胸を張るクロタマに、ロブは驚いたような声を出す。

「かなり魔法の錬度が高いようでしたので、魔法を使うのかと思っていましたが」

この言葉に、クロタマ、ガルツ、ミラーラまでびくりと体を震わせた。

魔法を得意とする人間は、相手が魔法を使えるかどうか、どのぐらいの腕前かを、見るだけでもある程度推し量ることができる。

ロブの言う通り、クロタマは魔法が得意だった。

人間のものとは違う、ケット・シー独自の魔法である。

だが、そのことは秘密にしなければならなかった。

クロタマが人間でないことがばれてしまったら、冒険者としての登録を、取り消されてしまうかもしれないからだ。

「子供のころから、少しだけ教わっててね。ずーっと同じのばっかり使ってて、他のはぜんぜんなんだけど」

「一つの魔法に特化することで、それだけの実力を。素晴らしいですね」

どうやら、納得してくれたらしい。

二人と一匹は、ほっと胸をなでおろす。

「見張りについては、私も少しはお手伝いできると思います」

そういうと、ロブは着ていたマントを開いた。

クロタマたちが思わずのぞき込むと、そこには金属でできた人形のようなものが、無数にぶら下がっている。

ガルツは首を傾げたが、魔法が扱えるクロタマとミラーラはすぐにその正体に気が付いた。

「魔法道具ってやつ？」

「そうです。正確には、魔法を行使するための補助具ですね」

言いながら、ロブは人形の一つを手に取り、地面に置いた。

すると、突然土が盛り上がり、人形を覆ってしまい、グネグネと形を変形させながら、あっという間に犬のような姿になった。

全身が土でできているため、土人形の犬、といったような外見だ。

クロタマ達は、驚きの声を上げる。

「犬型の土ゴーレムです。戦闘能力は高くありませんが、このゴーレムが見たもの聞いたものは、私も見聞きすることができます」

「すごいな。ってことは、これをあちこちに潜ませてれば、家畜が襲われてもすぐにわかるってことか」


体が土でできているため、身をじっと地面にでも伏せていれば、ジミドリザルもそれほど警戒しないだろう。


「一度に操れる数は、四体がせいぜいです。ですが、これでそれなりの範囲を見張ることができるのではないでしょうか」

「へぇー！　魔法でそんなことできるんだ！」

「ミラーラがそれ言うのかよ。ちなみに、ロブ司祭。距離はどのぐらい離れられるんですか？」

「ここから、お借りした納屋ぐらいまでの距離であれば、問題ありません。もう少し離れていても大丈夫です」

「本当にすごいですね」

ガルツが思わずといった様子でうなるが、クロタマもミラーラも同じ気持ちだった。

クロタマも、猫の魔法ならばそれなりの使い手であるという自負があるが、できることの芸の細かさでは、やはり人間の魔法には敵わない。

ガルツはゴーレムをためつすがめつしながら、何度も頷いた。

「これなら、うまくやれそうだな。よし、ほかのところも見て回ろう。ロブ司祭も、それで大丈夫ですか？」

「かまいません」

「よぉーし！　いこっかぁー！」

「ウシいるかなぁ、ウシ」

ガルツの号令の下、面々は他の場所の確認へと向かうのだった。


たっぷり時間をかけて周辺を確認し、クロタマ達は借りている納屋へと戻ってきた。

納屋に入って早々、ミラーラは木の棒で土間に何かを書き始める。

そして、外に出て拾ってきた石を並べると、満足げにそれを見下ろした。

「このあたりの地図！　完成！」

それは、土に書いた線と石の目印で作られた地図であった。

この周辺を表したものであり、完成度はかなりのものだ。

ロブは感心しながら、四か所を順繰りに指さす。

「私のゴーレムを置いてきたのは、この四か所ですね」

確認と合わせて、ロブのゴーレムを置いてきていたのだ。

うずくまってじっとしている姿は、本当にこんもりと盛り上がった土にしか見えなかったが、それでも、問題なく視覚と聴覚を共有できているらしい。

「常時つなげているわけではありません。必要な時に、こちらからつなげる形です。その方が、魔法の力を節約できますので」

ゴーレムに込めた魔法は、少しずつ力を失っていくらしく、一日に一度、力を籠めなおす必要があるのだそうだ。

それでも、十二分すぎる能力である。

「ロブ司祭のゴーレムで広範囲を見つつ、隙間をクロタマが埋める」

ゴーレムはなるべく動かさず、クロタマが動いて相手の出方を見張る。

それが、皆で話し合って立てた作戦であった。

もっとも、大枠を考え、全員の意見を取り入れて細部を調整したのは、ガルツだったのだが。

「で、何かあれば、俺とミラーラが走って行く、と」

「まかせて。走るのは大得意だから」

言うだけあって、ミラーラは足が速かった。

速さだけなら、猫の姿のクロタマも上回るほどだ。

「ロブ司祭がジミドリザルを見つけたら、俺とミラーラが行って、その場で合図の魔法を空に打ち上げる。クロタマはそれを合図に、走ってくれ」

「オイラが見つけたら、合図の魔法の薬を空に投げる。だね」


クロタマが持っている素焼きの瓶が、その魔法の薬であった。

蓋を開けて少し経つと、強い光と音を発するという品である。

クロタマも合図の魔法は扱えるのだが、普段から使い慣れていないため、ジミドリザルとの出会い頭では、手こずる恐れがあった。

少しでも素早く動くために、今回は魔法の薬を使うことにしたのである。


「ひとまず、その段取りで行ってみよう。問題ないな？」

「かまいません」

「りょうかーい」

「がんばろー」


元々、事前に話し合って決めたことである。

誰も反対せず、すんなり作戦が決まった。


「となると、しばらく暇だなぁ」

まだ日は高く、夕方までは時間がある。

あちこち動き回る訳にもいかないので、待機するしかない。

「俺は、道具の手入れでもしてるかな」

そういうと、ガルツは持ってきていた荷物を漁り始めた。

ガルツが使っているのは、手製のこん棒と円盾である。

それを見たロブは、驚いたように目を見張った。

ただ、目以外の部位はほとんど動いていない。

やはり、あまり表情が変わらない性質のようだ。

「ご自身で作った武器と盾をお使いなのですか」

これには、ガルツも苦笑するしかない。

冒険者にとって、武器や防具というのは命を預ける物である。

大抵の冒険者は、そこに一番手間《てま》と金をかけるのだ。

「一応、それなりの物を揃えようとしたんですが、なんというか」

「ガルツがバカ力すぎて、なかなか良いのがないんだよね」

言いぐさは悪いが、ミラーラの言う通りであった。

元々体格の良かったガルツだが、冒険者になって食生活が改善された結果だろうか、驚くほどの怪力を発揮するようになってきていたのだ。

良いことではあるのだが、同時に困った事態にもなっていた。

あまりにも力が強すぎるために、安物の武器防具ではすぐに壊れてしまうのである。

「心得がないので剣も使えませんし。そうなると、特注で頼むしかないんですが、いかんせん先立つものが」

なにしろ、武器を特注するとなると金属もふんだんに必要だし、職人の手間もかかる。

値段が高くなるのも、当然だろう。

パーティとしての貯えを使ったとしても、少々足りないほどだ。

「一応、手に入れた素材を使ってますので。それなりに頑丈ではありますよ」

オカザリガニの殻や、アルキグサの蔦《つた》、頑丈な石材に、魔法の力を帯びた木材。

ガルツは、そういった自分で手に入れた素材で、武器と盾を作っている。

「といっても、それなりでしかないですけどね。しょっちゅう手入れしてやらないといけないですから」

「じゃあ、私は呪文の練習でもしてようかなぁ」

ミラーラが言うと、ガルツとクロタマはぎょっとした顔で振り返る。

「なに。その顔」

「どうしたのミラーラ。ふだんそんなことしないのに」

「してるよ！　練習しないと魔法なんてうまくいかないじゃない！」

クロタマの言い様に、ミラーラはすぐさま噛み付く。

「してないから上手くいかないんじゃないのか？」

だが、ガルツからの追い打ちに、黙ってそっぽを向いた。

都合が悪くなったから逃げたのである。

じっとりとミラーラを見据えていたクロタマだったが、思いついたというように手を叩く。

「ミラーラさ、ロブに魔法教えてもらいなよ」

冒険者同士で魔法を教え合うというのはよくあることだった。

魔法学校を出たような立派な魔法使いならいざ知らず、冒険者の中には少し魔法が使えるだけ、というものは存外に多い。

そういった者は、お互いに持っている知識を教え合うことで、戦力の増強を図るのだ。

「そうだな。どうせ魔法の練習しようと思ったのだって、ロブ司祭のを見たからだろ」

「ロブさー。よかったら、ミラーラに魔法教えてあげてよ」

「問題なければ、お願いできませんか。一応、それなりの貯えはありますんで」

「特注の武器は買えないぐらいだけどねぇ」

悩ましそうな顔をしているミラーラを無視して、ガルツとクロタマはさっさと話を決めにかかる。

だが、ロブは不思議そうに首を横にひねった。

「もちろん、構いませんが。貯えが、何か関係が？」

「はい？　ああ、まあ、ロブ司祭のような方なら、無縁の話かもしれませんが」

苦笑しながら、ガルツは説明をした。

冒険者の間で魔法を教える時は、いくばくかの対価を渡すのが通例になっていた。

それは現金であることもあるし、手に入れた素材ということもある。

「なにしろ、冒険者の知識や技術ってのは、財産ですからね。それを教えてもらおうっていうなら、相応に対価を払わないとなりません」

「相手にも、自分にも失礼。なんだよね」

どこか興奮した様子で、クロタマは頷いた。

そういったやり取りはいかにも「冒険者らしい」もので、クロタマのお気に入りの行為らしい。

ロブはしばし考え、こくりと一つ頷いた。

「では、お金はいりません。その代わり、先ほど農家の方から頂いて隠している、果物を分けてください」

「あ、やばい。バレてる」

「ちょっとミラーラ！」

「お前、そういうところだぞ！」

「さぁー、魔法の練習するぞー！　がんばろー！」

パーティでも一番の俊足を見せ、ミラーラはさっさと逃げて行ったのだった。


朝方と夕方に警戒し、昼間と夜中に休憩や準備をする。

そんな日が、二日ほど続いた。

ジミドリザルの討伐はまだ成功していなかったが、元々数日かかる予定だったので、問題はない。

それに、良いのか悪いのか、成果はしっかりと上がっている。

ミラーラが作った地図を囲み、三人と一匹はそのことについて話し合っていた。

「ジミドリザルの痕跡があった所と、ギリギリ姿が見えたのが、印のついている所」

まだジミドリザルの姿はしっかりと確認できていなかったが、痕跡や、恐らくそうだろうという影ならば、既に何度も発見できていたのだ。

「襲う獲物を品定めしてるって感じの動きだな」

「そんな感じだと思うよ。オイラはあんまりしないけど、しっかり下見してから狩りをする、ってのは、おおいからね」

ガルドの言葉を肯定するように、クロタマは頷いた。

クロタマはほとんどしないのだが、狩りの前に下見をする猫は多いのだ。

「ジミドリザルって、四日五日は食べなくっても平気なんでしょ？　私はぜったいムリだけど」

「相手は魔獣ですよ、しかも肉食の。自分と比べてどうするんですか」

ミラーラの言い分に、ロブは無表情で呆れたような声で言う。

ここ二日、魔法を教えていたおかげか、二人はずいぶん打ち解けた様子だ。

「てゆーことはさぁ。そろそろ、ジミドリザルもお腹すいてきたってことだよね？」

「最後にジミドリザルの被害があってから、そのぐらいだろうからな」

しかしそうなると、もう一つ厄介な問題が持ち上がってくる。

「村の周りをうろついているジミドリザルの群れは、一つ。恐らくですが、家畜以外を狙った狩りをしていませんね」

どうやら、完全に家畜の味を覚えてしまったらしい。

こうなったら、追い払うだけという訳にはいかないだろう。

「全部討伐し切らないと、厄介な魔獣を野放しにすることになります。そうなると、非常に不味《まず》いことになりますね」

ロブの言う通り、そういった魔獣を一匹でも逃がしてしまうと、厄介なことになる。

家畜という襲いやすく狩りやすい獲物を知ってしまった魔獣というのは、ほかの獲物を狙わなくなる。

この辺りから追い払ったとしても、必ず別の人間に迷惑をかけることになるのだ。

家畜を狙うとなると、人間と接触する確率も上がる。

その中で、人間を襲うようにまでなってしまったとしたら。

「となると。確実に全部倒さないといけない。ってことか」

「追っ払うだけでいけるかもって思ったのにぃー」

諦めたようなガルツに対し、ミラーラはいかにも不満たらたらといった様子である。

場合によっては追い払うだけで、仕事が終わるかもしれなかったのだ。

それがすべて倒さなければならないとなると、労力も危険度も跳ね上がる。

「やっぱりこういう難易度の高い依頼って、楽な方には転がらないものなんだねぇ」

「ですが成功すれば、冒険者としての名も上がりますよ」

「んんー、あんまりそっち方面は興味ないんだけどなー。ご飯が食べられれば満足なのよ、私としては」

ため息交じりのミラーラに、ロブは首を傾げた。

「冒険者というのは、名を上げたがるものでは？」

「私もガルツも、食べるために冒険者になった口だからね。別に名前は売れなくってもいいかなぁーって」

「それでも、冒険者として仕事を受けたからには、きっちりこなさなくっちゃならないだろ」


ガルツに言われ、ミラーラはふくれっ面《つら》をしながらも「そうだけどさぁ」と肯定する。

こう見えて、ミラーラは案外律儀《りちぎ》な質《たち》なのだ。


「しかしそうなると、ここ一日、二日が勝負ってことだな」

「勝負。ってことは、そろそろ襲ってくるってこと？」

尋ねるミラーラに、ガルツは「多分な」と答えた。

ロブも、同じ意見だというように頷いた。

「ゴーレムの視界の限界近くを、数匹のジミドリザルが行ったり来たりしていましたから。恐らく品定めをしているものと思います」


その時にジミドリザルに攻撃を仕掛けようか、という話にもなったのだが、取りやめとなっていた。

おそらく全員が駆けつける前に、逃げてしまうだろうと思われたからだ。

討伐するなら、ジミドリザルの群れ全体が、最もこちらに近づいた時、すなわち、家畜に襲い掛かる直前がいいと考えたからである。

「本当なら、家畜が食べられてる時が一番攻撃しやすいんだけどな。ただでさえ護衛対象を囮《おとり》にしてるんだ。そのうえ、犠牲まで出すわけにもいかないだろ」

今回の依頼は、ジミドリザルの討伐だが、大本である依頼人の希望は、家畜を守りたい、というものなのだ。

それを理解していて無視するのは、冒険者としてあるまじき行為だろう。

「ジミドリザルが家畜をおそう直前にいって、家畜を守りつつジミドリザルを討伐するってことかぁ。なんか、すっごいむずかしそうだけど。何とかなりそうだね」

言いながら、クロタマはロブの方へ顔を向ける。

「ロブがいなかったら、ものすっごくたいへんだったろうけど」

ロブのゴーレムのおかげで多くの情報が手に入ったので、当初の予定よりもずっと楽に討伐が終わらせられそうな状況になっている。

「ジミドリザルの痕跡から考えて、恐らく次に襲われるのはここの羊小屋だ」

ガルツが指さした場所には、ジミドリザルの痕跡を示す印が集まっている。

その近くには、羊小屋があるのだ。

「羊小屋を挟んで、痕跡が多い方向の反対側。そこに、俺とミラーラ、ロブ司祭が隠れる。クロタマとゴーレムは、痕跡が多い方向に、ジミドリザルに気が付かれないように隠れる」

言いながら、ガルツは地図に石を置いていく。

ガルツ、ミラーラ、クロタマ、ロブ、そして、ゴーレムを示す石だ。

「ジミドリザルの群れが襲ってきたら、すぐに俺とミラーラが出る」

「ロブは、ゴーレムを操るのに集中する感じ?」

「あの犬型ゴーレムは、ある程度自立して行動が可能です。なので、私も戦えます」

頼もしい言葉に、ミラーラは思わず歓声を上げた。

魔法を習っているので、ロブの実力はある程度把握している。

味方として戦ってくれるなら、これほど頼もしいことはない。

「ですが、本当に犬型ゴーレムで良いんですか？　先にも言いましたが、あれは戦闘用ではありませんから、戦いには向きませんが」

「大丈夫です。数が多いのが重要なんですよ。戦闘用のゴーレムだと、同時に使える数が減る、でしたよね？」

その通りです、とロブは頷く。

「戦闘用のゴーレムは、中程度のものならば同時に二体。私が扱える最大のものは、一体が限界です」

ゴーレムを操るにも、許容量があるらしい。

ロブには、その数が限界なのだという。

「なら、数が多い方が有難いですよ。要は、足止めですから」

ゴーレムでジミドリザルを倒そう、という訳ではないのだ。

あくまでゴーレムは足止めであり、ジミドリザルがその場から離れるのを阻害する役割なのである。

何しろ今回の討伐では、一匹も逃がす訳にはいかない。

ひたすらこちらに襲い掛かってきてくれるなら、問題なく倒し切ることができるが、相手も生き物である以上、危険だと感じれば逃げ出すだろう。

そうさせないための足止めは、性能よりも数が重要なのだ。


「なるほど、確かにそうですね」

「ていうかさぁ。ガルツってずーっと、ロブにていねいに話すよねぇ」

「そりゃ、相手は司祭様なんだぞ？」


ミラーラに指摘され、ガルツは顔をしかめる。

別に、ガルツが融通が利かない、とかそういうことではない。

クロタマとミラーラが、あまりにも聖職者に対して敬意を払わなさ過ぎるだけである。

「そういえば、ロブもずーっと言葉づかい一緒だよね？」

「ああ、これですか。気にしないでください、別にことさら丁寧に話しているつもりはないのです。育ったのが教会なもので、口調が移っただけですので」

「そういうものなの？」

クロタマは不思議そうに、首を傾げる。

ガルツは両手を何度か打ち鳴らすと、注目を集めるように声を出した。

「方針は決まったな。俺とミラーラは、周りの農家と畜産家に事情を説明しに行ってくる」

今日明日には、魔獣が襲ってくるかもしれないのだ。

警告を出し、それにどう対応するか、説明しておかなければならない。

「ロブ司祭は、体を休めておいてください。負担がかかると思いますんで。クロタマもな」

今回一番働くことになるのは、クロタマとロブであった。

クロタマはあちこち走り回らねばならず、ロブはゴーレムを維持し続けなければならない。

まあ、どちらにとってもそれほど負担、という程ではないのだが。

「オイラ、あのぐらい走ったって別に疲れないよー？」

「役割分担だよ、役割分担！　パーティってのはそういうものだろ」

冒険者になり、パーティで行動すること。

それを目的に森から飛び出してきたクロタマにとっては、これ以上ないほど魅力的な言葉である。

「そっかぁ！　そうだよね！　うん、まかせて！　しっかりやすんどくから！」

張り切るクロタマに苦笑を送り、嫌がるミラーラを引きずって、ガルツは納屋を出て行った。

二人を見送ったクロタマとロブは、納屋にある床の上で体を休めることにする。

休めるといっても、何もしないわけではない。

クロタマはさっそく愛用のナイフを取り出し、手入れを始めようとして、ふと手を止める。

先ほどのガルツとのやり取りで、思い起こされたことがあったからだ。

「ねぇ、ロブ。ひとつ、きいてもいーい？　あ、答えにくかったら、こたえなくってもいいんだけど」

「なんでしょう？」

「ロブってさ、司祭様なんだよね。けっこうえらいかんじの」

「はい。教会を一つ預かる程度の地位は、頂いています」

「それなのにさぁ、なんで冒険者になったの？」


なんのために冒険者になったのか。

支部長に投げかけられた疑問である。

冒険者というものに憧れているからこそ、クロタマはほかの人物の答えも聞いてみたいと思ったのだ。

ロブは少し首を傾げると、口を開いた。

「別に秘密にするようなことでもありませんし、何か特別な事情がある訳でもありませんが。孤児院を作りたいと思いまして」

クロタマも、孤児院は知っている。

何度も遊びに行った王都にもあったからだ。

「私は、教会で育ちました。いわゆる孤児で、教会の前に捨てられていたのです」

「そう、なんだ」

「はい。幸運でした」

孤児だったこと、教会の前に捨てられていたこと。

それとはあまり結びつかない言葉に、クロタマはきょとんとする。

「捨てられていた私は、そのまま教会に引き取られ、育てて頂きました。教会にいた多くの方に愛して頂き、大切に育てて頂いたのです」

本心本音でそう思っているのだろう。

まっすぐなロブの目から、それがよく分かった。

「そのうえ、多くの知識や技術を授けて頂きました。司祭の地位が頂けたのも、こうして魔法を使うことができるのも、そのおかげです」

もちろん、ロブ自身の努力も大きかっただろう。

そうでなければ、まだ幼いといってもいい年齢のロブが、これほどの地位と実力を身に着けられるはずがない。

「本当に、私は幸運でした。ですが、私のような孤児の中には、ごく稀《まれ》です」

クロタマが知る王都の孤児院は、とても良い施設であった。

だが、そうではない場所があるというのも、クロタマは知っている。

人間の冒険者になるための勉強の中で、知ったことだった。

「もし私が冒険者として功績を上げれば、教会内でさらなる地位を頂くことができます。その権力を使って、私は孤児院を作りたいのです」

「孤児院を」

「幸せや幸運というのは、分け与えるものではないそうです」

突然話が変わったように思えて、クロタマは首を傾げる。

「孤児院という土台さえ作ることができれば、多くの孤児を引き取ることができます。幸せや幸運を分け与えるのではなく、新たに作り、育てることができるのです」

淡々とした口調のまま、ロブは続ける。

「別に、何か立派な理由がある訳ではありません。ただ、私のことを育ててくださった皆さんは、とても嬉しそうで、楽しそうでした。ですので。私もそうなりたいと思ったのです。それこそが、私が冒険者になった理由です」


クロタマは眉根を寄せたまま、大きく首を横に傾げた。

言葉の意味は、分かる。

だが、うまく内容を呑み込むことができないでいたのだ。

細かな心の機微を理解できるほど、クロタマはまだ人間のことを知らなかったのである。

ただ、なんとなくすごいことなのだ、ということだけは、分かった。


「そんな、すごいことしようとしてるのにさぁ。オイラ達のパーティに入りたい、って思ったたってこと?」

「はい、そうなります。まずは皆さんの実力を見せて頂いて、と思いましたが。十二分に良い腕をお持ちだ、ということは分かりましたので」

ここ二日ほどで、ロブはクロタマ達の実力を見極めたらしい。

どうやら、満足いくものだったようだ。

「オイラ達、別にそんなすごいことしようとしてないよ？　ただ、冒険者やって、お金貯めたりしてるだけだし」

「私も、別に大したことをするつもりはありません。冒険者の中にはお金を貯めて、引退後に宿屋をやろう、という人がいますが。それと同じようなものです」

「えー。同じかなぁ？」

「同じです。いえ、何なら宿屋の方が難度は高いと思いますよ。司祭が孤児院をやるというのは、割とポピュラーですし。よくあることですから」

まだまだ人間の世界に詳しくないクロタマだが、そういうことではない気がする。

クロタマは首を傾げながら、道具の手入れに戻ったのだった。

🐾 🐾 🐾

その日の夕方には、ジミドリザルの襲撃はなかった。

いつ襲撃があっても良いよう、事前に決めた場所で待機をしていたのだが、今回は空振りした形である。

だが。

「ジミドリザルが帰って行った後にクロタマが見回りしてきたところによると、襲撃予測場所以外では、新しい痕跡はなかったそうだ」

「よく夕闇の中で確認できますね」

「オイラ、夜目が利くからね」

ロブに感心したように言われ、クロタマは胸を張る。

話を聞いていたミラーラが、唸りながら腕を組む。

「ってことは、襲撃がありそうなのは、明け方かなぁ？」

「恐らく、だが。そうなるだろうな」

「明け方前から準備しないといけないのかぁー」

げんなりした様子で突っ伏すミラーラに、ガルツは苦笑を漏らした。

予測通り、ジミドリザル達は明け方少し前に現れた。

全身が緑色の羽毛に覆われ、地上で暮らす屈強で大型な猿のような姿をしている。

ただ、顔立ちや一部の露出した皮膚などからは、トカゲのような印象を受ける。

学者によれば、ジミドリザルはそもそもトカゲであり、それが長い年月をかけて変化していった結果、サルに似た形になっていったのだという。

ギルドにある図鑑にはそんなことが記されていたのだが、今のクロタマ達にはあまり関係のない情報であった。

もちろん、有益なことも書いてある。

たとえば、突然大きな音と強い光を受けると身を竦《すく》ませて動けなくなる、といったようなことだ。

今まさに羊小屋に襲い掛かろうとしていたジミドリザル達の鼻先で、強烈な音と光がばらまかれた。

同時に、ジミドリザルの群れの中や周り、上空でも、同じものが炸裂する。

混乱して硬直するジミドリザル達に、さらに別のものが襲い掛かった。

人の腕ほどもある土でできた円柱が、いくつも飛来したのである。

硬く固められているらしいそれらは、厚く硬いジミドリザルの毛皮を易々《やすやす》と貫いた。

「うっわぁ！　エゲつない！　大地系の魔法ってあんな痛そうなの？」

顔をしかめながら言ったのは、ミラーラだった。

額には汗がにじみ、肩で息をしている。

先ほど爆音と閃光の魔法を連発したので、疲労しているのだ。

そのえげつない魔法を放った当人であるロブは、相変わらずの無表情で肩をすくめる。


「大抵の攻撃魔法というのは、痛そうなものだと思いますよ」

「そりゃそっかぁ」

「ミラーラ、危ない！」


突然の声に、ミラーラは慌てて横に転がった。

つい今しがたまでミラーラがいた場所には、上空から降ってきたジミドリザルが叩きつけられている。

すでにこと切れているのか、ピクリとも動かない。

「すまん！　殴ったらそっちに吹っ飛んでった！」

申し訳なさそうな大声は、ガルツのものだ。

既にジミドリザルの群れに切り込み、大立ち回りを演じていた。

盾で殴り、手にした鈍器で殴る。

一振りで確実に、ジミドリザル一匹を屠《ほふ》っていく。

それを見て逃げ出そうとするジミドリザルの前には、犬型のゴーレムが立ちはだかる。

足止めされたジミドリザルに襲い掛かるのは、ナイフを手にしたクロタマだ。

素早く間合いを詰めると、的確に仕留めていく。


「っとっとっと！　私も手伝うってば！」


地面に転がっていたミラーラは、慌てて立ち上がった。

すぐに呪文を唱え始め、術式を展開していく。

この時には、すでに太陽がわずかに顔を出している。

朝焼けの中で武器と魔法をふるう冒険者達は、ほどなくしてジミドリザルの群れの討伐に成功したのであった。

無事にジミドリザルの討伐を終えた翌日。

クロタマ達は、拠点である宿屋に戻っていた。

ギルドへの報告は、討伐を終えたその足で既に行っている。

依頼の達成度の確認や、討伐したジミドリザルの査定などが終わるのは、翌日。

つまり、今日になるということだった。

冒険者が少ない昼頃に行けば、ちょうどよいだろう。

久しぶりに太陽が昇ってから起きだしたクロタマ達は、誰ともなく円陣を組んで座っていた。

ガルツとクロタマは椅子に座り、ミラーラはベッドに腰かけている。

宿での朝食までは、まだ少し時間があった。

皆黙ったまま、ぼうっとした顔をしている。

最初に口を開いたのは、ガルツだった。


「夕方に、クロタマが見回りに行ってた時な。ロブ司祭とあれこれ話をしたんだよ」

「ロブもゴーレムでの感覚共有だけで、暇だっていってたからさぁ。なんとなくね」


ガルツの言葉に、ミラーラが補足を入れる。

「そしたらな、なんかえらく感心したような顔で。パーティというのは、同じことを聞かれるのですね。って」

つまり、ガルツとミラーラも、同じ質問をしたのだろう。
どうして冒険者になったのか。

「あれ、絶対さぁ、宿屋やるのと同じようなものじゃないよねぇ？」
「オイラもそう思う」
「だよなぁ」

ミラーラはため息をつき、ベッドに横倒しになった。
クロタマはテーブルの上に顎を乗せ、ガルツは腕組みをして天井を見上げた。

「でさぁ、どうしよっか？」

しばらくの沈黙の後、クロタマが切り出す。
最初に反応したのは、ミラーラだった。

ベッドから身を起こすと、ごく真剣な顔で言う。

「昨日みたいなごちそうなら、毎日でもいいかも」

ジミドリザル討伐成功の祝いに、ちょっとした贅沢をしたのだ。

豚肉のソテーに、揚げ鳥。

たっぷりの野菜とパンに、ミラーラは猛然と襲い掛かっていた。

「オイラ、冒険者になりたくって、森から出てきたんだし。今回みたいなのも、楽しかったよ」

冒険者になりたくて、冒険者をやっているのがクロタマなのだ。

困難に立ち向かうことこそ冒険、冒険をしてこその冒険者となれば、することは決まっている。

「ぼちぼち、特注の武器でも作ってもらいたいしな」

ジミドリザルの群れとの戦いで、ガルツの使っていた盾は壊れてしまっていた。

壊れはしなかったものの、武器の方も相当傷《いた》んでいる。

直すよりも、作り直してしまった方が早いくらいだ。

二人と一匹は、顔を見合わせた。

「じゃあ、そういうことで」

「はい、はい」

「あさごはん、まだかなぁー」

こうして、クロタマ達のパーティは、三人と一匹に増えることになったのだった。

薬師と弓使い

ゼーヴィットが、まだ子供の頃のことである。
友人達と遊んでいるとき、そのうち二人が喧嘩をし始めたことがあった。
理由は、正直覚えていない。
どうでもいいようなことだったはずである。
だが、きっかけが何であれ、その喧嘩はすさまじく激しいものであった。
もみ合った挙句、二人は階段から落ち、大怪我をすることに。
大慌てをしたゼーヴィットと友人達は、二人を治療院へと運び込む。
ただ、間《ま》が悪かったのだろう。
治療師本人は不在で、看護師しかいなかった。
幸運だったのは、その治療院が「魔法の薬」である「傷薬」を常備していたことだ。
看護師は怪我をした二人に、「傷薬」を半分ほどふりかけ、残りを飲ませる。
効果は、劇的であった。
傷は見る間に塞がっていき、二人とも痛みが引いていくと喜んだ。

皆がほっとする中、ゼーヴィットだけが、困惑と疑問がないまぜになったような表情で、二人を見ていた。

一人の傷は見る見るうちに癒《い》えていく。

もう一人の傷も驚くほど傷の直りは早いのだが、比べれば明らかに遅い。

どちらも同じ「傷薬」を使ったはずなのに、傷が治る速度が明らかに違ったのだ。

怪我をした二人に使われた「傷薬」は、別々の瓶に入ったものであった。

一人に一瓶を使い切った格好である。

入っていた瓶や、薬自体の様子などは、まるで同じにしか見えなかった。

あの二つに、どんな違いがあったのか。

ゼーヴィットは不思議でならなかった。

「それはな、材料が違うんだよ。使っとる薬草の質とか鮮度が違うんだな」

ゼーヴィットの疑問に答えてくれたのは、治療院の主である、治療師であった。

「同じ薬師に作ってもらったものなんだが、まぁ、効果が違うのはしょうがないところだな。魔法の薬というのは、材料の質にすさまじく左右されるものなんだよ」


その言葉は、ゼーヴィットに大きな衝撃を与えた。

理屈は、何となくわかる。

材料が重要というのは、どんなものにも当てはまるだろう。

だが、あそこまであからさまに効果に直結するとは、思っていなかった。

ということは、「傷薬」を作った薬師は、材料集めに手を抜いた、ということなのだろうか。

そう聞いたゼーヴィットに、治療師は苦笑して首を横に振る。

「うちで使ってる傷薬を作っている薬師は、ギルドで薬草を買っているからだよ。安くて量も安定して売ってくれるんだが、まぁ、質に関してはご愛敬だな」

ギルドでは安く薬草を販売しているものの、その質は全く安定しないらしい。

なんでそんなことになっているのか、と尋ねるゼーヴィットに、薬師は一つ頷いて答えてくれた。

「ギルドは、冒険者が食っていけるように薬草などの買取を常時しているんだよ。ただ、質は問わないものだから、どうしても質にぶれが出るのさ。冒険者達は仕事のついでに取ってくることがほとんどだからね」

実は薬草というのは、採集にコツがいる植物なのだという。

きちんとした技術と知識がなければ、質を落とさずに採集するのは困難なのだとか。

「普通の冒険者は、なかなかそういう知識を持っていないんだよ。質のいい薬草を手に入れようと思ったら、知識のある冒険者に依頼するしかない」

そうなると、ギルドで売っているものよりも割高になってしまう。

よほど品質にこだわりを持っている者でもない限り、そこまでして良い薬草を手に入れようとするのは稀《まれ》だった。

「傷薬というのは、要するに回復魔法の代用だからね。とっさの時に使うようなものであって、そこまで高い効果を発揮する必要はないんだよ。それならば、回復魔法を使える者を呼ぶ方が確実なのだからね」

傷薬は、あくまで応急手当。

ある程度の効果が出さえすればいいから、それでいい。

それが、大半の考え方なのだという。

「そもそも、魔法の薬を作るのには魔法の知識と技術が必要でね。傷薬を作れるような薬師は、回復魔法も使えるんだよ。だったら、もっと他の魔法の薬を作るのに注力した方が、ずっと収入にもなるのさ」

🐾 🐾 🐾

話をしてくれた治療師に礼を言い、ゼーヴィットは治療院を後にした。

治療院を出たのは良いが、正直どこをどう歩いたものか、まったく覚えていない。

茫然自失、といった状態だったからである。

ゼーヴィットにとって、治療師の話はそれだけ衝撃だったのだ。

治療師や薬師からすれば、「傷薬」は回復魔法の代用品であり、それなりに効果が発揮されればそれで良く、それほど気を使って作るような物ではない。

なるほど、彼らからすればそうなのだろう。

収入にもかかわるとなれば、なおさら手間暇をかけたくない、というのも理解できる。

しかし、と、ゼーヴィットは考えた。

魔法を使えない人間にとっては、どうなのだろう。

例えば、魔法使いがいない農村。

ダンジョンの奥や、旅の道中。

数日間、魔法を使える治療師に出会えないような場所は、いくらでもあるはずなのだ。

だというのに、話をしてくれた治療師は、そのことを考慮していないようだった。

案外、自身が魔法を使える人間というのは、そういうものなのかもしれない。

魔法に長く触れられない状況というのが、いまいち想像できていないのだ。

もちろん、知識としては分かっているのだろうが、実感が伴わない。

そうでなければ、「傷薬」をただの魔法の代用などと思う訳がないのだ。

誰が、いつ、どんな場所で使っても、効果を発揮することができる利点の大きさに、思い至らないはずがないのだ。

魔法という、持たざる者からしてみれば奇跡にも似た力を持つからこそ、そうなってしまうのだろう。

そう、奇跡なのだ。

あっという間に傷を癒してしまうなど、それは本来「奇跡」にも等しい現象ではないか。

それを、誰が、いつ、どんな場所であろうと起こすことができる。

「傷薬」というのはつまり、誰でも起こすことができる「小さな奇跡」なのだ。

にもかかわらず、その効果は品によって不安定で、まるでくじのような落差があった。

それを、誰もが当たり前だと思っている。

このままで良いのだろうか。

誰の手にも届く「小さな奇跡」を、こんな粗雑に扱ったままで、良いのだろうか。

ちょっとした努力で、あるいは技術革新で、「傷薬」はもっと素晴らしい物になるはずなのでは。

その恩恵は、計り知れないはずなのに。

幼い子供が考えるにしては、ずいぶんませている。

当時のゼーヴィットは、普段からそこまで物を考える子供だった訳ではない。

だが、この時のゼーヴィットは、まるで導かれるようにその結論に達したのである。

今の不安定な「傷薬」を、より良い物にしたい。

そんな考えが頭に浮かんだのは、やはり二人の友人の怪我が癒えるのを、間近で見たことが原因だろう。

目《ま》の当たりにした「小さな奇跡」に、ゼーヴィットは魅了されていたのである。


幸いなことに、ゼーヴィットには魔法使いとしての適性があった。

おかげで、多少ぎりぎりではあったものの、魔法学校に入学することができたのである。

「傷薬」をはじめとする「魔法の薬」の製作には魔法の力が必要不可欠であり、魔法使いでなければ、「傷薬」は作れないのだ。

危うく最初の部分で躓《つまず》きそうだったゼーヴィットだったが、何とか入学試験を突破することができた。

正直なところ、ゼーヴィットはあまり勉強が得意ではない。

物覚えも悪い方だし、応用も機転も利かないと自負している。

それでもなんとかなったのは、ひとえに「小さな奇跡」への憧れゆえだろう。

何とか入学に成功したゼーヴィットは、とにかく傷薬について精力的に学んでいった。

とはいっても、魔法学校に入学したのだから、傷薬ばかりにかまけてはいられない。

なにしろ魔法というのは、長い時をかけて作り上げられた、英知の結晶。

それを身に付けるには、生半可《なまはんか》な学習量では追い付かない。

やっとのことで勉強についていく日々を送っていたゼーヴィットだったが、一つの事件が起きた。


学校が長期休暇に入り、ゼーヴィットは実家に帰省することになった。

それなりに距離が離れているので、移動には商隊の乗合馬車を利用することにした。

街から街への移動というのは、なかなかの危険が伴う。

野生動物に、魔物などと呼ばれる化け物。

時には盗賊なども襲い掛かってくる。

この時に現れたのは、その両方であった。

商隊というのは危険な場所を進むものであり、まして乗合馬車まで抱えているとなれば、安全には十分に気を付けるものである。

こういったことを想定して、商隊は護衛を雇っていた。

ただの盗賊であるならば、それで問題なくさばくことができただろうが、この時襲ってきた盗賊は、少々厄介な物を持っていた。

「魔物寄せ」などと呼ばれる、「魔法の薬」である。

大仰《おおぎょう》な名前ではあるが、実際の効果は近くにいる魔獣を引き寄せる程度でしかない。

だが、それも上手く使えば、凶悪な効果を発揮する。

盗賊達は集まった魔物を誘導し、商隊を襲わせたのだ。

その動きは実に手慣れていて、計画的なものであった。

商隊の護衛は追い込まれ、そのまま襲撃が成功するかに思われた、のだが。

ゼーヴィットが護衛に加勢したことで、盗賊達は一気に総崩れとなった。

学生とはいえ、ゼーヴィットも魔法使いの端くれであり、戦況をひっくり返すに十分な力を持ち合わせていたのだ。

護衛達の動きを確認しながら、魔法を振るう。

人間相手の実戦は初めてだったが、一度発動してしまえば、魔法は十全に効果を発揮してくれる。

瞬《またた》く間に、魔物と盗賊を蹴散らすことができた。

ほっとするゼーヴィットだったが、すぐに落ち着いている場合ではないことに気が付く。

襲撃を受けたことで、少なくない人数が怪我を負っていたからだ。

魔物や盗賊から攻撃された者だけではなく、襲撃の混乱の中で転倒した者などもいる。

すぐに応急手当が始まったが、いかんせん人数が多い。

ゼーヴィットも魔法で治療を手助けしようとしたのだが、できなかった。

魔物と盗賊に対して、相当な量の魔法の力を使ってしまっていたからだ。

時間が経てば、魔法の力は回復するだろうが、今すぐ治療が必要な者もいる。

商隊の護衛にも魔法使いはいたのだが、回復魔法は使えないようだった。

焦るゼーヴィットだったが、すぐに自分には解決策があることを思い出す。

実家への土産にしようと、自分で作った傷薬を大量に持っていたのだ。

すぐに荷物を解き、傷薬を怪我人達へと提供した。

ゼーヴィット自身が作ったものであり、品質は決して高いとは言えないが、それでも、効果は絶大であった。

あっという間に傷は癒え、歓声が上がる。

それまで悲壮感が漂っていた空気が、がらりと変わった。

安堵とともに、笑顔も戻ってくる。

ゼーヴィットは半ば呆然と、その様子を眺めていた。

傷が癒えるという、「小さな奇跡」。

それを起こす傷薬によって、救われたものがいる。

安堵から生まれた笑顔が、次々と伝わっていく。

ゼーヴィットは傷薬について勉強する中で、何度もこういった光景を見てきていた。

だが、自分もまた危険にさらされ、実際に体験することで、これまで以上に心を揺さぶられていたのである。

たとえその場に魔法使いがいなくても。

いつ、誰が、どんな場所で使っても、「小さな奇跡」を起こすことができる。

それが、どんな意味を持つことなのか。

今、ゼーヴィットの目の前にある光景が、その答えだろう。

ゼーヴィットはこの時から、さらに傷薬にのめりこんでいくこととなった。


無事に魔法学校を卒業したゼーヴィットだったが、そのまま魔法学校に残ることとなった。

研究者としての実力が認められ、研究者として取り立てられたのだ。

とはいっても、自分の好きな研究ができる、というわけではない。

はじめのうちは他の研究者の下で、下積みを重ねる必要があった。

そもそも、ゼーヴィットは魔法学校を卒業したばかりで、知識も経験も、まだまだ足りていなかった。

研究の手伝いをしながら、合間を見つけて、自身の研究も進めていった。

もちろん、傷薬に関するものだ。

成果は、思いのほか早く出始めた。

製法の改善、効率化、保存期間の延長。

多くの改良に成功したことで、ゼーヴィットは大変に喜んだ。

少しでも傷薬が良いものになれば、助かる人の数も増える。

だが、喜びもつかの間、別の恐れが頭をもたげ始めた。

ゼーヴィットは自分のことを、それほど優秀な研究者だと思ってはいない。

にもかかわらずこれだけの成果が出るというのは、どういうことなのか。

それは誰もこの分野、傷薬の改善に興味がないからだろう。

でなければ、自分でもできるようなことを今まで誰もしてこなかったなどということが、あるはずがない。

あるいは、同じようなことを思いつき、実際にやっていたとしても、誰も発表してこなかったのだろう。

何故、そんなことになってしまうのか。

それは傷薬への評価の低さが原因だろう、と、ゼーヴィットは考えていた。

結果を出しても評価が上がらない研究をする者というのは、少ない。

評価など気にしない研究者もいるが、そういった者はそもそも傷薬の改良なんぞに興味を持たなかった。

つまり、傷薬のことを気にかける「魔法の薬」の研究者なんぞ、ほぼ存在しないのである。

そんな考えに至ったゼーヴィットは、頭を抱えて悩んだ。

このままでは、どんなに傷薬を改良しても、ほかの研究者にはほとんど気にもされないだろう。

注目されなければ評判は上がらず、すなわち実際に傷薬を作る薬師達の元へも広がっていかない。

どうすればいいのか。

悩んだ挙句、ゼーヴィットは一つの結論を出した。

まずは、自分自身の評価を上げること。

そうすることで発言力を持ち、傷薬の有用性を広める。

ほかにもっと良い方法があるのかもしれないが、この時のゼーヴィットにはその程度のことしか思いつかなかった。

それなりの年月を経て、ゼーヴィットは魔法学校の教師になっていた。

いくつか発表した研究が、評価されてのことである。

もっとも、その中には本命である傷薬の研究は、含まれていない。

相変わらず傷薬は、気にも留められないもののままだった。

何とか改良した傷薬の製法を広めようとするものの、いつも同じ壁にぶつかるのだ。

言葉こそ違えど、どの薬師も同じことを言う。


「そんなにいい薬草ばかり使えない」


故郷で治療師が教えてくれた通りだった。

魔法学校という恵まれた場所にいたせいで、ゼーヴィットはすっかり失念していたのだ。

使う材料の質が、「魔法の薬」の効果を大きく左右する。

教師という立場のゼーヴィットと普通の薬師では、手に入れられる薬草の質が圧倒的に異なる。

ほとんどの薬師が使うのは、冒険者ギルドで販売している薬草なのだ。

冒険者が片手間に、大した知識もなく採集してきたそれは、普段ゼーヴィットが使っているものとは比べるべくもない。

ゼーヴィットがいくら改良した傷薬の製法を広めようとしても、ほとんどの薬師は苦笑するばかり。

そりゃ、良い薬草を使っていれば、良い「傷薬」ができるのは当然だろう。

こっちにも生活があるんだから、魔法学校のお偉い先生のお遊びに、付き合っていられない。

口には出さないが、腹の中ではそんなことを考えているであろうことが、手に取るように分かった。

ある種当然の反応だろう。

彼らと同じ立場であれば、ゼーヴィットも同じことを思ったはずだ。

発言力は、得ることができた。

だが、話を聞いてもらえたところで、説得力がない。

というより、「魔法学校の教師」という立場が、現場で傷薬を作っている薬師達から見た時の説得力を奪っているのだ。

このままでは、安定した品質の傷薬を作ってもらうことなど、夢のまた夢だ。

問題は、それだけではない。

製法をどうしたところで、薬草の質、という問題は残るのだ。

このままでは、どうにもならない。

しかし、どうしていいかも分からなかった。

実際に市井《しせい》で「魔法の薬」を製造販売している薬師の立場というのは、ゼーヴィットには想像がつかないのだ。

そこで、ゼーヴィットの頭にある考えが浮かんだ。

自分がその立場、市井の薬師になれば、何か良い方法が浮かぶのではないか。

その考えを実行するならば、ゼーヴィットは魔法学校の教師という立場を失うことになる。

だが、ゼーヴィットに迷いはなかった。

元々、傷薬をより良くするために、魔法学校に入ったのだ。

傷薬のためにそれを手放すことに、何をためらう必要があるのだろう。

こうしてゼーヴィットは、魔法学校の教師という立場を捨て、市井の薬師として生きていくことになったのである。

街から街への移動というのは、基本的には危険なことであった。

魔獣や魔物が住む領域を通らねばならない場合は、猶更だ。

だが、危険であればこそ、商人にとっては絶好の商機でもある。

リュアリエッタの父は、まさにそういった危険な交易路を征く、旅商人であった。

隊商を率いる頭としての手腕はかなりのものであり、独自の交易路を持っていて、彼でなければ通り抜けられぬとされる地域がいくつもあった。

一度の旅で輸送する物資、人の数は他の商人の追随を許さず、上げる利益は、桁違い。

富と名誉を手に入れた、大商人だったのだ。


母が突然亡くなったのは、リュアリエッタがまだ幼い頃のことである。

元々二人は、道行を共にする旅商人であったという。

リュアリエッタが生まれたのを機に、母は街に残ることになった。

幼い子供を連れての旅は危険だと、父が判断したからである。

母子の安全をなによりも考えてそう決めたが、母は流行《はや》り病《やまい》で、あっけなく亡くなってしまう。

母が亡くなった時、父は隊商を率いて遠く旅をしていた。

母の死に目に会えなかったことを、父は激しく後悔したらしい。

残された娘から片時でも離れることを嫌った父は、リュアリエッタを旅に連れていくことを決意した。

そうなると、いつも通りの交易路を行くわけにはいかない。

少しでも安全な道を選ばねばならなかった。

まず父がしたのは、他の旅商人への声掛けである。

大きな隊商を組んで、大きな商売をしよう。

腕の良い旅商人として名の売れていた父の声掛けということもあり、多くの旅商人が集まった。

隊商の人数が多くなれば、当然護衛の数も多くなる。

普段よりも安全な交易路を、普段よりも大人数で進む。

そうすれば、普段よりはるかに安全に旅をすることができる。

リュアリエッタの父はそう判断し、これまでにない規模の隊商を組もうと考えたのだ。

この考えはおおよそ当たり、多くの旅商人と、多くの護衛が集まった。

たとえ小さな子供を連れていたとしても、これならば安全だろうと判断できそうなほど、大きな隊商が出来上がったのである。

父の隊商の旅は、順調に進んでいた。

いくつかの街や村を通り、最終目的地の街へと向かっていく。

道中、魔獣や魔物に多少襲われることはあったものの、盗賊などが現れることはなかった。

それもそのはず、隊商にはその規模に見合った、多くの護衛が付いていたからだ。

普通の盗賊であれば、襲おうなどと考えるわけもない。

命あっての物種、数の揃った護衛をどうにかできる盗賊など、そうそういるはずがないのだ。

それでも、リュアリエッタの父は油断なく、周囲を警戒し続けていた。

幼い娘の世話をしながら、しっかりと隊商の指揮を執り続ける。

リュアリエッタの父は、間違いなく優秀であった。

大きな街の近くまでやってきても、油断や隙はほとんどなかった。

もし彼に非があったとするならば、最終目的地としていた街の権力者が隊商を襲うなどという事態を、全く予測していなかったことだけだろう。

街が近付き、多くの商人達が気を緩める中でも、護衛達は周囲への警戒を怠らなかった。

気が緩んだ時が、一番危険だとわかっていたからだ。

無論、リュアリエッタの父も気を引き締めていた。

そんな彼らの前に、武装した一団が近づいてくる。

最終目的地である街の旗印を掲げた、正規の兵士達だ。

隊商のほとんどの者が、怪訝な顔で、近づいてくる兵士達を眺めていた。

一体どうして彼らが街から出てきたのか、わからなかったからだ。

荷物の検閲にでも来たのだろうか。

理由を考えても、そんな答えに行きつくのが精々だった。

とにかく、相手は間違いなく最終目的地の街から出てきた、正規の兵士達である。

しっかりと出迎えて、事情を聴かなければならない。

普通ならば、それが当然の対応だろう。

なに一つ間違っていないはずだった。

だが、この時にはそれが、致命的な失敗となってしまったのだ。

兵士達は隊商にある程度近づくと、武器を抜いた。

そして、突撃を仕掛けてきたのだ。

ほとんどの者は何が起こったかわからず硬直し、ごくわずかな護衛達が抵抗しようと武器を構える。

もちろん状況を把握している訳ではなかったが、優秀だった彼らは咄嗟に動くことができたのだろう。

リュアリエッタの父も、同じく何が起きているかわからないながらも、冷静に支持を飛ばす。

その声で我に返り、動き始める者も少なからずいた。

街から一直線にやってくる兵士達を、誰もが注視する。

その時だ。

隊商の左右、そして後ろから、突然何者かが隊商を取り囲むように現れた。

薄汚れた衣服に、古びた武器を手にしたその集団は、まさに盗賊といった外見であり、実際、盗賊だった。

よほど念入りに細工をしていたのだろう盗賊達は、偽装のために纏《まと》っていた枝葉や土を蹴散らして、大声を上げて襲い掛かった。

数は多くはない。

本来であれば、隊商の護衛達が瞬く間に蹴散らせる程度の数だっただろう。

真正面から武装した兵隊達が突撃を仕掛けてきている、まさにその時でなければ、の話である。

隊商は一気に混乱状態に陥った。

旅商人達はもちろん、護衛達も浮足立つ。

当然だろう、あまりに異常な事態なのだ。

この状況には、流石にリュアリエッタの父も対応できなかった。

あれよあれよという間に護衛や旅商人達は捕縛され、あるいは打ち取られていく。

混乱の中で、それでもリュアリエッタの父が考えたことは一つであった。

娘を守らなければ。

リュアリエッタの父は、荷車を引かせていた数種類の駄獣の中から、特に優れた一匹を急いで選び出した。

体格が良く、利口で、聞き分けも良いもの。

その背に、訳も分からず泣き叫ぶリュアリエッタを乗せ、落ちぬように縄でしっかりと結び付ける。

そして、一言、リュアリエッタに告げた。


「必ず、生きて、幸せに」


リュアリエッタの父は、駄獣の背を押した。

何も言わずとも、意図を察したのだろう。

リュアリエッタを乗せた駄獣は一声鳴くと、そのまま盗賊や兵士の間を縫って走り出した。

少しでも遠くへ、娘を逃がすために。

リュアリエッタは必死に父を呼び、手を伸ばしたが、届かない。

それが、リュアリエッタが父を見た最後であった。

リュアリエッタを乗せた駄獣は、大型の鳥であった。

飛ぶことはできないが、強靭《きょうじん》な足で素早く、力強く長い距離を走ることができる。

持久力もあり、粗食にも耐える、駄獣として非常に優秀な鳥であった。

ただ、繁殖が難しく、個体数が少ない。

優秀な旅商人であったリュアリエッタの父でも、手に入れることができたのはこの一羽だけだった。

鳥は盗賊や兵士を振り切り、走り続ける。

ようやく足を止めたのは、リュアリエッタの父が教え込んでいた、小さな泉に到着してからであった。

様々な土地を巡る旅商人だからこそ知っている、秘密の水飲み場である。

襲撃に遭《あ》ってから、既に一昼夜が経っていた。

丸一日走り続けた鳥は、流石に疲れたのだろう。

泉の水を飲むと、近くの草むらの上で眠ってしまった。

泣き疲れて眠っていたリュアリエッタは、鳥が地面に座り込んだ衝撃で目を覚ます。

茫然としていたリュアリエッタだったが、意を決したように動き始めた。

いつも持たされていたカバンからナイフを取り出すと、自分と鳥を結んでいた縄を切る。

父や隊商の仲間のことを考えて涙が出そうになるが、両頬を叩いて気を引き締めた。

今こそ、父の教えを実践しなければならないと考えたからだ。

隊商というのは、常に危険と隣り合わせである。

万が一の時のために、リュアリエッタは父から様々なことを教えられていた。

たとえ自分がいなくなったとしても、一人で生きていけるように。

できる限りの知恵と、できる限りの備えを、リュアリエッタに与えていたのである。

父の思いを、無駄にしてはならない。

まずは、生き残る。

どこかの街へ行き、安全な隠れ家を作るのだ。

目標を作り、それを実現するための手段を必死に考える。

そうすることで、リュアリエッタは今にも折れてしまいそうになる心を必死に支えた。

とにかく、生きなければならない。

そのためにも、まずは何かを食べなければならなかった。

きちんと食べなければ、力が湧いてこない。

力が湧いてこないと、何もできなくなってしまう。

ぼろぼろとこぼれる涙を何度もぬぐいながら、リュアリエッタはカバンから硬いパンと干し果物を引っ張り出した。

涙がこぼれないようにぎゅっと目をつぶりながら、パンと干し果物を齧る。

保存用で硬く食べにくいそれらを、何度も何度も噛む。

そうしながら、父に教えられたことを思い出す。

父から与えられたカバンや衣服、装飾品は、万が一の時に役立つものばかりだという。

これらを使って、とにかく、生きなければならない。


「必ず、生き残って、幸せに」


それが、父が別れ際に残した言葉だったからである。

リュアリエッタはそれを父の願いであり、約束であり、今後自分が生きる指針であると定めたのだ。


襲われた場所から少しでも離れるため、リュアリエッタは鳥に乗って走った。

数日間移動し続け、カバンに入っていた食料が尽きたころ、ようやく目的の街にたどり着く。

規模としてはそれなりなのだが、領主の城下町近くであることもあり、治安が良かった。

子供であったとしても、対価さえ払えばきちんと売買が成立する。

昼間で人通りの多いところであれば、子供一人で歩いていてもあまり襲われることがなく、それでいて、冒険者や商人などが多く、人の出入りがある。

隠れて暮らすには、実に良い条件がそろった場所であった。

まずは、寝床を確保しなければならない。

身を隠し、ゆっくりと眠ることができる場所は、必要不可欠だ。

鳥の背に乗り街外れを歩くと、ほどなく放棄された掘立小屋を見つけることができた。

ドアや窓が外れていて、壁もところどころはがれているが、雨露はしのげるだろう。

早速中に入ろうとしたリュアリエッタだが、先住の者がいた。


「なんだおまえ！　ここは、オレたちのねどこだぞ！」

「だぞ！」


リュアリエッタと同じか、少し下といった年齢だろう。

木の棒を持った少年二人が、少しおびえた様子でリュアリエッタの前に立ちふさがった。

リュアリエッタの方を見ながらも、視線が時折鳥へと向く。

おそらく怖がっているのは、鳥なのだろう。

リュアリエッタのことは、あまり警戒していないように見える。

それが、リュアリエッタにはいささか気に食わなかった。

自分が軽視されている、なめられていると感じたからだ。

旅商人はなめられたら終わりだ、というのが父の教えである。

リュアリエッタは猛然と二人に殴りかかった。

体格的には二人の方が大きかったのだが、腕力ならば負けることはない。

なにしろリュアリエッタには、父から与えられた魔法の道具があるのだ。

身に着けているだけで、わずかに力が強くなる首飾り。

魔法の道具としてはありふれた品だが、子供が持つものとしては破格の品物だった。

効果は覿面《てきめん》で、リュアリエッタはあっという間に二人を叩きのめしてしまう。


「今日からあんたたちは、わたしのコブンよ！」


泣きそうな二人を前に、リュアリエッタはそう宣言した。

隊商を率いる父を見て育ったリュアリエッタからしてみれば、部下というのは不可欠な存在だ。

一人で生きるというのは、相当に難しい。

だが部下がいるならば、できることは大幅に増える。

もちろん部下を養う義務も生じるが、その程度の器量がなければ隊商の頭など務まらない。

当然、リュアリエッタには二人程度を養う自信があった。

リュアリエッタが着ている服の裏には、いくつかの硬貨が縫い付けてあった。

金や銀でできたものであり、貴金属としても十二分に価値がある。

これを使って、リュアリエッタは毛布を三枚買った。

一枚は自分のもので、二枚は子分達に一枚ずつ与える。

暖かくして眠れるのとそうでないのとでは、体力の回復がまるで違う。

子分をしっかりと働かせるためにも、必要なものであった。

子分二人の服も買おうかと思ったのだが、こちらは意外とそれなりに良いものを着ているようなので、後回し。

ついで、日持ちする食料を買い込む。

幸い、寝床にする掘立小屋は、屋根と壁だけはしっかりしている。

ある程度物を買い貯めておいても、保存できるだろう。

盗み出そうとする者も出てくるだろうが、そういった相手は鳥に退治させればいい。

リュアリエッタの思い切りのいい買い物に、子分二人は大変に驚き、自分達に与えられた品に心の底から感動していた。

腕力もあって、鳥という強い味方を持ち、暖かい毛布や食料まで分け与えてくれる。

今までろくな目にあってこなかったが、この親分についていけば少しはましな暮らしができるかもしれない。

子分二人は、そう確信したのである。

そのことを知ってか知らずか、リュアリエッタは先のことを考えていた。


「お金よ。街で生きていこうと思ったら、お金を稼ぐ手段が必要だわ。そのために適切にお金を使うのよ」

「はぁ。それはオヤブン、どうすりゃいいんです？」

「冒険者になるのよ、冒険者に。元手が少なくても、それなりに儲けられるわ」

「冒険者って。なるのにおかねがかかるし、あぶないいんじゃねぇんですかい」

「お金はへいきよ。危険だって、問題ないわ。冒険者っていっても、昔と違って危ない仕事ばっかりじゃないのよ」


元々は危険な仕事ばかりをしていた冒険者だが、ギルドが作られたことで様々な仕事を請け負うようになった。

中には荷運びや溝《どぶ》さらいなどといった軽作業もあり、子供でもそういった仕事ならば受けることができる。

リュアリエッタは、父からそのように教えられていた。

冒険者ギルドへの登録は、思いのほかあっさりと終わった。

街中での簡単な仕事を受けるだけであれば、さほどの審査もない。

三人全員の冒険者登録を済ますと、リュアリエッタはさっそく依頼を受けることにした。

といっても、子供でも受けられる依頼など限られている。

仕事は溝さらいで、給金は三人で大人一人分。

安いようだが、子供三人で稼ぐ額としては、実はそれほど低くもない。

大人ならば、酒を飲んだり、宿代を払えば、あっという間になくなってしまうだろう。

だが、リュアリエッタ達は酒も飲まなければ、宿代を払う必要もない。

受け取った給金を、そのまま食事に回せるのだ。

父から多少は商売の手ほどきを受けたリュアリエッタであるから、食料の買い付けにもそつがない。

安くて腹にたまり、それなりに美味《うま》いものを選んで仕入れていた。


「すげぇ。あんなカンタンなことしただけなのに、こんなにオカネもらえるなんて」

「ぼくたちだけしかドブさらいしてなかったけど、なんでだろ？」

「汚れるし、力仕事だからやる人が少ないのよ。もらえるお金もそれほど多くないしね。私たちには十分だけど」

普通ならば実入りが悪いが、リュアリエッタ達にとっては十分な収入になる仕事というのは、ほかにもあった。

道のごみ拾い、狭い場所の掃除、簡単な荷物運び。

あまり人気がない仕事を的確に選び、リュアリエッタは子分達と共にこなしていった。


「まいにちきちんと食べられるって、ありがたいですねぇ、オヤブン」

「何言ってるの。もっと実入りをよくしないと、頭打ちでしょう。壁の穴だって塞ぎたいし、もっと稼がなくっちゃならないのよ」

「そうはいうけど、オヤブン。なにかテがあるんですかい？」

「まぁ、任せなさい」


自信ありげに笑うリュアリエッタに、子分二人は顔を見合わせて首を傾げた。


いつものように仕事をもらおうと、リュアリエッタ達はギルドを訪れる。

すると、いつもとは違い、職員や冒険者達がざわつき始めた。

子分二人はその理由が分からず、困惑する。

「オヤブン、なにかあったんですかね？」

「馬鹿なのあんた。今日はルグミールを連れてきているから、みんな驚いてるのよ」

ルグミールというのは、リュアリエッタの鳥の名前である。

荷物運びの仕事を受けるために連れてきたのだ。

鳥、ルグミールをギルドに連れてきたのは、これが初めてであった。

すぐにギルド職員が飛んできて、ルグミールについて質問してくる。

子分達が圧倒されるほどの勢いだったが、無理もないことだった。

駄獣であるルグミールは、魔獣に分類される鳥だったのだ。

コルゴルチョウという種族であり、魔法使いでなくても飼育可能な数少ない魔獣の一種として知られていた。

ギルド職員達が集まり、リュアリエッタにいくつか質問をする。

リュアリエッタがよどみなく答えると、ギルド職員達は何事か納得した様子を見せた。

子分二人は全く訳が分からず、その様子をぽかんと見守っている。

やがて、ギルド職員はリュアリエッタの冒険者登録証を持って建物の奥へと入っていった。

しばらくして戻ってくると、登録証をリュアリエッタへと返す。

「オヤブン、なにがあったんです？」

「見てみなさい。ルグミールは私が飼っている駄獣だ、って書いてあるわ。これで、森の浅い場所に入るような仕事も受けられるわよ」

「ええ⁉　もりって、あぶないいんじゃやねぇですか」

「マジュウとかいますよ」

「なに言ってるの。ルグミールも魔獣よ。並の獣やちょっとした魔獣なら蹴散らせるぐらい強いんだから」

「すっげぇ！　ってことは、ルグミールさんがいりゃぁ、もりにはいっても？」

「まぁ、無理をしなければ大丈夫でしょうね」


この日は荷物運びの仕事をしっかりとこなし、翌日からリュアリエッタ達は森へと入っていった。

森の中に生える、薬草を採集するためだ。

魔獣や魔物を狙った狩りをするつもりは全くない。

追い払うだけならばルグミール一羽でどうにかなるが、狩りをしようとなると話が変わってくる。

獲物を見つけ、追い込み、狩らなければならないとなるとどうしても、子分達は足手まといになるのだ。

森に入るので、薬草採集も危険な仕事ではあるが、狩りよりは何倍も安全な仕事と言えた。

薬草採集は、大人の冒険者にとっては森に入ったついでに片手間にこなす程度の小遣い稼ぎにしかならない。

とはいっても、上手くやりさえすれば、溝さらいなどより何倍もの儲けになった。

子供三人が腹いっぱいに物を食べるには、十分すぎる稼ぎだ。

最初は薬草を探すのにも難儀したが、そこは子供の適応力。

あっという間に慣れてしまい、わずかの間で薬草を見つけられるようになった。


「いいわね、慣れたからって油断したら駄目よ。森の中は危険なんだから」

「だいじょうぶですよ、おやぶん。オレたち、よるになったら、ひとりでションベンにもいけないいビビりなんですぜ」

「ですぜ」

「それはそれで不安しかないわね」

薬草は様々な魔法の薬の材料になるため、常に需要があり、毎日取りに行っても、きちんと買い取ってもらえる。

おかげでわずかずつではあるが、貯えを増やすことができた。

冒険者登録や毛布などに使った分は、すっかり回収できている。

ここまではリュアリエッタの立てた計画通り、稼げていた。

しばらくは薬草採集を続ける心算だが、その先に何をするかの予定はまだ立っていない。

何か、良い方法はないか。

そんなことを考えながら、薬草採集を続けていたある日のことである。

ギルド職員が見知らぬ男性と話している場面に出くわした。


「確かに質が上がるのは良いことなのでしょうが、何分そういった教育に割《さ》ける予算は限られていまして」

「それは分かってるんだってば。だから、最初はお試しってことでさ。おじさんが無料でやるから。一回やってみて、効果を見てみようって」

「いやぁ。私の権限だけでは何とも」


子分二人は関心が無い様子だったが、リュアリエッタは大いに興味をひかれた。

旅商人の娘としての勘、とでも言えばいいのだろうか。

何やら稼ぎになりそうな匂いを感じ取ったのである。

「ねぇ、おじさん。何の話してるの？」

「へ？　ああ、いや、薬草のね。採取のしかたについてさ、ギルドにお願いがあって」

「私たちにも関係がある話ね。冒険者として、薬草採集をしてるんだから」

「君が？　いや、森に入るのはまだ危険なんじゃ」

驚いている男性に、リュアリエッタはギルドの登録証を見せた。

魔獣を連れていることを知ると、渋い顔ながら納得する。

そんなことは良いから、と、リュアリエッタは男性に詳しい話を聞かせてくれと急《せ》かす。

「おじさんは魔法の薬屋さんでね。傷薬を作るための材料をギルドから買ってるんだけど、その品質の安定をしてもらいたい、って話をしてたのさ」

「ああ、傷薬の効果を安定させるためにってこと？」

傷薬の効果は、薬草をどのように採集、保存したかによって、大きく左右される。

リュアリエッタは、父から教わってそのことを知っていた。

知識があっているか確認するためにも知っていることを順序だてて説明すると、男性は驚いたように目を見開く。

「うん、よく理解してる。その通りだよ。で、ギルドで薬草採集の仕方の講習をすれば、この街で作られる傷薬の品質が一気に向上するはず。っておじさんは思ってるわけ。そうすれば、皆うれしいでしょ？」

「それはそうでしょうけど、難しいんじゃないかしら。薬草採集なんて、皆片手間にやってる仕事だもの」

「そうなんだよねぇ」


男性も、それは理解しているらしい。

どっと疲れたとでもいうような様子で肩を落とすと、男性はそのまま帰っていった。

「ねぇ、職員さん。あのおじさんって、どこでお店やってるの」

そのまま放っておいてもよかったのだが、リュアリエッタは一応男性の店の場所を聞いておくことにした。

何か思い付いた訳ではないのが、後々役に立ちそうな気がしたからである。

ギルドでのことがあってから、数日後。

リュアリエッタは件の「魔法の薬」屋にやっていた。

数日考えて、稼ぎになりそうな方法を思い付いたからである。

その前に、確認しておきたいことがあった。


「なんで、ギルドで薬草の取り方なんて教えようとしてたの？　自分で採る分だけ、品質が良ければいいんじゃない」

「傷薬の効果が上がれば、助かる人が多くなるでしょ。その方が、おじさん一人が儲かるより重要だと思うわけ」

「商売人にしては、珍しい考え方ね」

「おじさん、元々研究者でね。傷薬の品質向上を専門にしてたんだけど、結局薬草の質が重要だってことになってさ。何とか広めようと魔法の薬屋さんになったんだけど。なかなかうまくいかないねぇ」


疲れたように笑う男性に、リュアリエッタはにやりと笑う。

「そういうことなら、好都合よ。私たち、協力できるわね」

リュアリエッタの提案は、こうだった。

まず、男性がリュアリエッタ達に、薬草の品質が高くなる採集方法を教える。

採集した薬草は、男性がギルドより少し高い金額で買う。

その薬草を使って、男性が薬草を作り、相場より少し高く売る。

傷薬を売る時には、孤児が丁寧に採集した薬草を使っている、と宣伝することも重要だ。

「高品質の物が安定して手に入るなら、高くても買う冒険者は必ずいるわ。そうなったら、後追いする商会や薬師が必ず出てくる」

「はぁ。そういうものなの、かな?」

「利益が出るなら、必ず目をつける連中は出てくるわよ。その価値がだんだんと広まっていけば、小遣い稼ぎ以外の目的で薬草採集をしている冒険者は、皆ギルドに薬草を売らなくなるわ」

「後追いの商会や、薬師に売るってことかぁ」

「そうなってから、改めてギルドに掛け合えばいいのよ。実際に利益が出るところを見せれば、冒険者支援を謳《うた》ってるギルドとしては無視できないはずよ」

「実際に手本を見せる、ってことね。どうせ他に方法も思いつかないんだし。結局何もできないよりは、何倍もいい。か」

男性は考え込むように、腕組みをする。

そして、難しい表情をリュアリエッタに向けた。

「おじさんはね、自分の儲けとかは度外視で、多くの人に質の良い傷薬を届けたいと思ってるんだよ。君の目的は、やっぱりお金になるだろ？　それが悪いって言うんじゃないんだよ、生きていくためには必要なことだもの。おじさんの方が変なんだからね。ただ、だからこそ。おじさんと協力しても、旨みはないと思うよ？」

「なに言ってるの。そういう人がいるからこそ、世の中便利になっていくんじゃない。それを上手いこと商売に変えたり、生活の役に立てたりするのは、別の人の仕事よ。例えば、私とかね」

自信満々といったリュアリエッタの口ぶりに、男性は破顔する。

「このままだと上手くいきそうもないし。他に方法も思いつかないしなぁ。わかった、君の言う通りにするよ」

「決まりね！　私はリュアリエッタ。旅商人よ」

「おじさんはゼーヴィット。ちょっと変わった薬師だよ」

こうして、リュアリエッタとゼーヴィットは、協力関係を結ぶこととなった。

こん棒使いのエルフ

外見は人間に近いものの、中性的で美しい容姿であり、魔法の力と高い親和性を持つ。

知能も高く、精霊と交友を持つことから、その種族自体も精霊や妖精に近いとされる。

魔法の扱いが上手く、非常に器用で身体能力も高いことから、戦士としても高い能力を持つ。

他の種族との接触を好まず、深い森の中で自分達だけの村を作り暮らすことから、森の人。

あるいは、エルフと呼ばれる。

ソーン・ジェレはまさにそのエルフとして生まれたのだが、そういった、一般的によく思い描かれるエルフ像からは程遠い個性を持ち合わせていた。

エルフは物心ついた頃から、魔法の扱いを教えられる。

高い魔法の力を持っているが故に、扱いを覚えなければ大きな事故につながるからだ。

大抵のエルフは教えられればすぐに自分の中の魔法の力を制御できるようになり、幼いうちにいくつかの魔法を覚えるものである。

だが、ソーン・ジェレは、どれだけ教えられても、まったく魔法の力を扱えるようにならなかった。

魔法の力が無い、という訳ではない。

ソーン・ジェレの中に多くの、それこそ普通のエルフよりも大きな魔法の力があることは、誰から見ても明らかだった。

にもかかわらず、ソーン・ジェレにはその扱い方がまるで分からないし、その取っ掛かりすら掴めない。

このままでは、いつ魔法の力が暴発するか。

周囲が焦り始める中、ソーン・ジェレの暮らす村の長老が一つの文献を発見した。

長老が生まれる少し前に亡くなったエルフに、似たような特性を持つ者がいたらしい。

そのエルフは魔法の力はあるものの、魔法は一切使えなかった。

代わりに、魔法の力の全てを、体を強くすることに使っていた、という。

そのためか、腕を振るえば木をへし折り、駆ければ駆竜の如くであった、と記されていた。

なるほどまさにソーン・ジェレはその通りの特性を持っており、一抱《ひとかか》えもある大岩を訳もなく持ち上げ、軽く地面を蹴れば自分の身の丈《たけ》より高く跳んだ。

このことに、周囲はほっと胸を撫で下ろした。

魔法の力が暴発しないならば、何ら問題はない。

要はソーン・ジェレの身が安全であり、周りも安全であるならば、それでよいのだ。

魔法が使えずにソーン・ジェレが困るようであれば、周りが手を貸せばよい。

代わりに、力仕事で困った時などは、ソーン・ジェレの手を借りればよい。

エルフというのは、仲間思いの種族である。

ソーン・ジェレは魔法こそ使えないが、暖かく見守られながら成長していった。


成長したソーン・ジェレは、積極的に村の仕事を手伝うようになっていた。

体が大きくなったことが影響してか、力は以前にも増して強くなっている。

様々な荷物運びや、普請《ふしん》の手伝い。

食料を調達するための狩りでも活躍した。

エルフは基本的に器用であり、その眼の良さも手伝って、弓を得意としている。

多くのエルフにとって、狩りといえば弓であったが、ソーン・ジェレはいわゆる普通のエルフでない。

力加減が苦手なのか、はたまた単純に不器用なのか、どうやっても弓を上手く使うことができなかった。

十歩離れた距離の的にも当てられないのだから、なかなかの下手《へた》さだろう。

さらに徹底していることに、投げ槍や投石といったものも苦手としていた。

力だけはあるので、勢いよく物を投げることはできるのだが、まるで的に当たらない。

最初のうちは練習もしていたのだが、最近ではすっかり諦めてしまっている。

そんなソーン・ジェレがどうやって狩りをするのかといえば、こん棒であった。

尋常ならざる俊足で獲物に追いつき、並外れた力でこん棒を振るい、仕留めるのである。

その手並みは鮮やか、かつ正確で、狩りの成果は並のエルフの狩人以上であった。

村の中で、最も狩りが得意、と言っても良いだろう。

また、村の防衛にも大きく貢献していた。

森は魔物や魔獣が闊歩《かっぽ》する危険な領域であり、そういったものが村に近づいてくることは、少なくない。

被害が出ないうちに、なるだけ早く気付き、打ち払うのが一番であった。

その点において、ソーン・ジェレの能力は申し分ない。

魔法の力のおかげか、耳も目も素晴らしく鋭く、誰よりも早く村に近づく魔物や魔獣を発見することができた。

見つけてしまえば、あとは群を抜いた身体能力をいかんなく発揮し、得意のこん棒でもって打ち倒す。

魔獣や魔物の中には魔法や弓では傷つけ難いものもおり、そういったものが出た時に対処するのが、ソーン・ジェレの役割となっていた。

周囲のエルフ達は、そんなソーン・ジェレを大いに褒め称える。

だが、ソーン・ジェレがそれを鼻に掛けたり、得意になったりすることはなかった。

むしろ、魔法や弓が使えない自分が少しでも役に立てることを、素直に喜んでいるほどだ。

エルフとしては異例の才能を持ち合わせたソーン・ジェレだったが、その性質だけはごく当たり前のエルフと同じであった。

仲間のことを、非常に大切にしていたのだ。


ある時、村を一人のエルフが訪れた。

村の外からエルフがやってくるのは、珍しいことではない。

他の種族との接触は少ないエルフだが、同族同士での情報交換は行っていたのだ。

やってきたのは、防具や武器を身に着けた「冒険者」のエルフであった。

エルフ以外の種族と接触する機会が多い「冒険者」のエルフは、貴重な情報を運んでくれる存在である。

もちろんソーン・ジェレもそのことはよく知っているのだった、が。

正直なところ、「冒険者」が一体何なのかは、まったく知らなかった。

知らなくても特に問題ないのだが、気にはなる。

いつもどんな仕事をしているのか、と聞こうと思っていたのだが、どうにもソーン・ジェレは無口な質であった。

自分から相手に何かを尋ねるというのが、苦手だったのである。

まして、普段あまり顔を合わせない相手となれば、猶更だ。

今回も質問はできないかもしれない。

そんな風に諦めていたソーン・ジェレだったが、思いがけない幸運が起こった。

村に危害を加えようと近づいてきた魔獣をいつものようにソーン・ジェレが打ち倒したのを見た「冒険者」のエルフが、こう言ったのである。


「君なら、立派な冒険者になれるよ」


まさに、千載一遇の好機である。

喋るのが苦手なソーン・ジェレは、それでもありったけの気力を振り絞って、「冒険者」とは何なのか、と尋ねた。


「誰かに頼まれ事をされて、それを請け負い、解決する。要するに、みんなのお手伝いをするってことだよ」

その説明だけでは足りないと思ったのだろう。

「冒険者」のエルフは、自分が請け負った仕事についても話してくれた。

村から遠く離れたことのないソーン・ジェレにとっては、目の回るような、想像もつかないような話ばかりだ。

なれる、と言われたが、ソーン・ジェレにはとても自分に務まる仕事だとは思えなかった。

あまりにもすごくて、壮大で、自分と関わりのある話だとは思えなかったのである。

しかし。

もしも自分にそんな仕事が、「冒険者」が務まるのだとしたら。

今よりずっと、何倍も皆の役に立てるのではないか。

ソーン・ジェレがそんな風に考えるようになる、きっかけとなる出来事であった。

ソーン・ジェレが、冒険者になろうとしている。

村は、その話題で持ちきりとなった。

たしかに、村に住む者が冒険者になるのは、ままあることである。

他種族との繋がりや交易のため、外に出る者も必要だった。

しかし、ソーン・ジェレが冒険者になるというのは、少々危険なのではないか。

そんな意見が、大半を占めていた。

別にソーン・ジェレを馬鹿にしたり、侮っているわけではない。

ただ、ヒトにはそれぞれ、適正というものがある。

確かに魔物や魔獣と戦う技や力で言えば、ソーン・ジェレのそれは相当に高いと言えた。

何しろ、魔法を使う者でも苦労するような、自身の十数倍は体重があろうかという魔獣を、こん棒一本で打ち倒してしまうのである。

こと戦うということにおいて言えば、魔法があろうがなかろうが関係なく、村でも一、二を争う実力者であった。

そういった意味での危険は、村を出てもまず無いだろう。

身を守るだけであれば、それこそ竜にでも襲われない限り、傷も付かないはずである。

問題は、ソーン・ジェレの性質、性格の方であった。

基本的に、複雑なことが大の苦手。

村の外で生きるために必須の金勘定などはその最たるもので、数えている途中で諦めてしまう。

何か情報を覚えたり、人の説明を理解する、というのも不得手としている。

話が理解できなくなってくると考えるのをやめてしまい、聞き流してしまうくせに、「そうか」「わかった」などと、もっともらしい顔で返事をするのだ。

この「もっともらしい顔」というのが曲者《くせもの》で、ソーン・ジェレは感情や思考がとにかく表情に一切出ない性質であった。

常にむっつりとした重苦しい表情をしていて、どこか思慮深そうな面持《おもも》ちにまで見える。

しかし、実際には何も考えておらず、話が右から左に流れてしまっている、というのが常であった。

悪いことに、当人には悪気は全くなく、また、その自覚もない。

ソーン・ジェレは、少しずつ村を出る準備を始めていた。

本当に、このまま見送ってよいものなのか。

村を出て他種族の街に行った途端、詐欺にでも遭うのでは。

あるいは適当な返事をしているうちに、のっぴきならない事態に巻き込まれるのではないか。

ソーン・ジェレは、愚かではない。

頭が悪い訳でなく、しっかりと冷静に物事を考えれば、大抵のことは理解できる。

ただ、驚く程に、しっかりと考えるということが苦手なのだ。

このまま送り出していいものだろうか。

ソーン・ジェレを除く村の全員が集まり、何度も何度も話し合った。

やはり、今のままではソーン・ジェレの身が心配である。

とはいえ、年齢的には既に一人立ちする頃合いであることは間違いなく、一人立ちした大人にあれこれと言うのはよろしくない。

話し合った結果、村の皆は一つの結論を出した。

他種族の街で冒険者登録をする際に、村の者が数名付きそう。

そこで冒険者として仕事をしている様子を見て、問題ないようであればそのままにする。

このままでは不味いと判断したなら、何とか説得して村へと連れ帰る。

ソーン・ジェレが知らぬうちに、村全体の意思が決定したのであった。

🐾🐾🐾

ソーン・ジェレと付き添い数名は、人間が治める街にやってきた。

人間、あるいはヒューマンなどと呼ばれる種族は、この周辺では最も数が多く、強い勢力を持っている。

冒険者というのも、彼らが作った制度であった。

街に暮らす者達は、皆不思議そうな目をソーン・ジェレ達に向ける。

それも無理からぬことで、エルフが集団で歩いているというのは、非常に珍しいことなのだ。

村の外に出る際、エルフは大抵一人で行動する。

別に、そういう決まりがある訳ではない。

エルフは仲間意識は強いのだが、単独で行動することが多かった。

矛盾するようにも見えるが、エルフは精霊と話すことができる。

離れていても精霊に頼みさえすれば、仲間とすぐに連絡を取ることができた。

仲間思いでありながら、独立心が強く単独行動を好む。

その性質を、「森に住む猫のようだ」などと評されることもあるのが、エルフという種族だった。


「まずは冒険者ギルドへ行き、登録をする。それから依頼を選ぶ。無事に解決したら、依頼料をもらう。わかったか?」

「わかった」

「お前が思慮深そうな顔をしている時が一番不安なんだが。では、まずはどこに行けばいいか、指をさしてみろ」

「あの建物」

「あれは肉屋だ」

「ああ、あっちか。看板が出てる」

「まずは看板を見るといいぞ」

村の皆に送り出され、ソーン・ジェレはギルドへと向かった。

登録の手順については村で何度か教わったので、問題ない。

順調に終わらせて、説明を受ける。

正直なところ、内容の半分ほどしか理解できなかったのだが、これについても大まかなところは村で予《あらかじ》め教えられていた。

いつものように「わかった」と答えると、無事に説明は終了。

冒険者としての実力を測る試験を受けることとなった。

登録のための試験は、場所によって内容が異なる。

その土地土地によって、冒険者に求められるものが違っているからだ。


「この街では、文字の読み。それから、武器の扱いについて見せて頂きます」


人が多いため荷運びなどの依頼が多くあるらしいのだが、その時に文字を読めることが必要になるらしい。

また、魔物の討伐などの依頼もあるため、どの程度武器を使えるかも重要なのだという。

最初の試験は、ギルドが用意した文章を読み上げること。

村で読み書きを習っていたので、これは難無く合格することができた。

ついで、武器の扱い。

訓練場で、得意の武器を使って見せる。

ソーン・ジェレが得意としているのはこん棒だ。

まずは素振りをしてみせ、それから巻き藁《わら》を殴ってみせた。

巻き藁が粉みじんに吹き飛ぶのを見たギルド職員は、短い悲鳴を上げる。

こういった怪力の類は立場上見慣れているのだが、まさかエルフがそれをやってのけると思わなかったのだ。


「確かにこれほどの威力が出るのでしたら、問題ありません。しかしその、なんといいますか。魔法、などは？」

「魔法は苦手だ」

「なる、ほど。そうでしたか、失礼しました」


ギルド職員は、何やら神妙な表情でうなずく。

何かしらの深い事情があるのだろう、と推測したからだ。

実際はそんなことはなく、当人の性格上の問題である。

とにかく、ソーン・ジェレは無事に、冒険者になることができたのであった。

ギルドが冒険者向けに開放している宿泊所で一泊したソーン・ジェレは、さっそくギルドへ向かい、依頼を受けることにした。

村の皆は、街の外で寝泊まりしている。

森で暮らすことに慣れているエルフにとって、野宿というのはさして苦にならない。

むしろ、見知らぬ他種族と同じ場所で寝泊まりする方が、息苦しさを感じるほどだ。

ソーン・ジェレも街の外で寝ようかとしていたのだが、村の皆に止められていた。

冒険者になるのであれば、そうした暮らしに慣れた方がよい、と考えたからである。

ソーン・ジェレは「わかった」とその言葉に従ったのだが、もちろん、意図についてはほとんど理解していない。

ギルドにやってきたソーン・ジェレは、さっそく依頼を探すことにした。

いくつかある依頼票の中から、良さそうなものを選ぶ。

判断基準は、まず複雑な仕事でないこと、覚えやすそうな内容であること。

それから、自分の手に負えそうなこと、最後が報酬額である。

ちょうど良さそうなものが見つけられたので、それを受けることにする。

特に審査などもなく、ある程度実力さえ認められているなら、すぐに依頼を受けることが出来るようだった。

これは非常に単純でいい。

ソーン・ジェレは今日の仕事を決めると、さっそくギルドを出た。


イワワリオオワシという名の鳥がいる。

巨大な体を持ちながら飛翔能力が高く、瞬時に上空高くまで飛ぶことができる。

獲物と定めた相手を執拗に追い、強靭な足で蹴り殺す。

その蹴りの威力は岩を割るほどとされていて、実際岩とは言わずとも、馬車や手押し車などが破壊されることが度々あった。

もちろん、人自身が襲われることも。

そんな危険なイワワリオオワシが、街道近くをうろつき始めたらしい。

普段この辺りには姿を現さないので市民には対処が難しく、冒険者ギルドに仕事が回ってきたようだ。

くだんのイワワリオオワシは、クチバシに独特の模様があるらしい。

そのため、首さえ持ってくればそれで討伐の証となり、報酬が支払われる、という。

つまるところ、街道にいるイワワリオオワシを打ち倒して、その首を持ち帰りさえすればいい、ということだ。

ソーン・ジェレにでもわかりやすい、非常に良い仕事である。

一般的には弓や投げ槍、魔法などを使わなければ討伐しにくいイワワリオオワシだが、ソーン・ジェレは何度かこん棒で倒したことがあった。

件の街道を歩いていると、不穏な気配に気が付く。

騒がしい音に、魔法の力の乱れ。

ソーン・ジェレは駆け足で、そちらへと向かった。


複数の荷車を運んでいた一団が、イワワリオオワシに襲われていた。

一応、武装はしているようなのだが、手にしているのは槍や剣。

ただの鳥を追い払うには十分な武器であろうが、イワワリオオワシ相手には物足りない。

襲撃を受けている一団も、それが分かっているのだろう。

必死で追い払おうとしているが、上手くいっていない。


「加勢する！」


走りながら、ソーン・ジェレは大声を張り上げた。

驚くべき速さで駆けてくるソーン・ジェレの姿を見て、一団は只者ではないと判断したのだろう。


「有難い！」

武器を持った一人がそう返すのを確認し、ソーン・ジェレはさらに速力を上げた。

見れば、荷車が一つ壊されている。

どうやらイワワリオオワシに壊されたらしい。

車輪が外れ、ところどころ木材がへし折れている。

どういう訳か、イワワリオオワシはそれに固執しているようで、攻撃を繰り返していた。

ついでのように周囲にいる人間や荷車、駄獣にもちょっかいをかけている。

壊れて荷車としては役に立たないだろうが、足場としてはちょうどいい。

ソーン・ジェレは走ってきた勢いのまま荷車に足をかけると、そのまま跳躍した。

まっすぐに向かうのは、空にいるイワワリオオワシである。

反応する隙も有らばこそ。

当然の闖入者《ちんにゅうしゃ》に警戒して動きを鈍らせたその隙を突き、ソーン・ジェレは跳んだ勢いを乗せたまま、下から上へとこん棒を振るった。

狙いたがわず。

振るったこん棒は、まっすぐにイワワリオオワシの頭を打ち砕く。

襲撃を受けていた一団から、歓声があった。

地面に無事に着地したソーン・ジェレを見た一団は、ほっとした空気に包まれる。

だが、ソーン・ジェレはいまだに警戒を解かなかった。

エルフというのは、魔法の力に非常に敏感な種族である。

魔法を扱うのが苦手なソーン・ジェレだが、その感覚はしっかりと持っていた。

こん棒を手に、警戒しながら周囲を見回す。

すると、奇妙な魔法の力の動きがあった。

動物や植物の類ではない。

魔法の力というのは不思議なもので、時に凝《こ》り固まり生き物のように振る舞い出すことがある。

石や土くれといったものを仮初《かりそめ》の体とし、生きているかのように動き出す。

そういったものはどういう訳か、生きとし生けるものを襲う傾向があった。

体の中にある魔法の力に引き寄せられているらしいのだが、詳しいことはソーン・ジェレにはわからない。

あるいは村で説明を受けたのかもしれないが、覚えているのは「とにかく危険だ」ということだけだった。

そういった、場合によっては魔物と分類されるものの気配が、確かにある。

魔法の力が動くのは見えるのだが、そこには地面以外に何もない。

それでも、危険があることは間違いなかった。

「まだ、何かいる」

ソーン・ジェレの言葉で、一団はすぐに緊張を取り戻した。

イワワリオオワシに襲われても、一方的にやられることのなかった者達である。

相応の実力はあるのだろう。

ソーン・ジェレは目を凝らし、魔法の動きの正体を見極めようとした。

魔法を扱うのは苦手ではあったが、こと魔法の力を見抜く眼力においては他のエルフと比べても遜色《そんしょく》ないどころか、むしろ能力は高い部類であった。

だからこそ、奇妙な魔法の力の動きに気が付くことができたのだ。

ソーン・ジェレがその正体を見抜いたのと、魔法の力の持ち主が地面の下から飛び出したのは、ほぼ同時であった。

石くれや岩が連なって作られた、細長い体。

地面から飛び出した体の先端は大きく二つに割け、その間にはずらりと刃物のような石が並ぶ。

その姿かたちは、水面から飛び出した蛇のようであった。

実際には、地中から土煙を上げて飛び出した、岩で形作られた蛇型の魔物である。

それが地面から飛び出すのと同時に、ソーン・ジェレはこん棒を振るった。

爆発のような轟音が響き、岩の蛇は地面を転がる。

全長は恐らく、人の数倍。

胴は人ほどもあり、まさに魔物といった外見であった。


「イワヘビか！」


一団の一人が、悲鳴のような声を上げる。

どうやらこのあたりでは、この魔物を「イワヘビ」と呼ぶらしい。

ソーン・ジェレの村でも同じように呼んでいたから、一般的な呼び名なのだろう。

自然に魔力がたまる場所、魔力溜まりなどではよく見かける魔物である。

そして、ソーン・ジェレが苦手とする魔物でもあった。

なにしろ、体が硬い。

こん棒で殴ったところで、効果が薄いのだ。

魔力をかき乱すような魔法が使えれば倒すのは比較的難しくないのだが、なにしろ、ソーン・ジェレは魔法の扱いが苦手である。

そんな器用なことができるわけがない。

とはいえ、この場はソーン・ジェレがどうにかするしかなかった。

イワワリオオワシに襲われていた集団には、おそらく魔法使いはいない。

いたとしたら、イワワリオオワシ相手に魔法を使っていたはずだ。

ソーン・ジェレは手にしたこん棒を構えた。

こうなったら、イワヘビが消えるまで殴り続けるしかない。

効果は薄いものの、こん棒による打撃は全く無意味ではないのだ。

ソーン・ジェレの力で殴り続ければ、いつしか体がすり減り、イワヘビは体を保てなくなり、魔力も霧散して消滅する。

覚悟を決めたソーン・ジェレに、イワヘビが襲い掛かる。

どうやら、一番危険な相手だと認識したらしい。

イワヘビの横っ面を、こん棒で殴る。

空気を震わすような音と共に、イワヘビの体が地面を滑った。

一団から歓声が上がるが、ソーン・ジェレはわずかに眉をしかめる。

普段ほとんど動かないソーン・ジェレの表情が変わるほどの、まずい事態が起きていた。

こん棒がへし折れてしまったのだ。

あるいは、今までの無理も祟っていたのだろう。

そこに硬いイワヘビの体を殴りつけたことで、追い打ちとなったらしい。

冷静に、代わりになるものを探す。

目についたのは、壊れた荷車であった。

ソーン・ジェレは素早く動き、両手でそれを持ち上げる。

そして、鎌首をもたげようとしたイワヘビに、渾身《こんしん》の力で上から叩きつけた。

荷車はひしゃげて壊れ、イワヘビは地面にめり込む。

イワヘビの体から、弾けるように石くれや岩の破片が飛び、その破片に台車の木片も混じる。

やはり武器にはならないか。

そう思ったソーン・ジェレの目に、あるものが映った。

イワヘビの体の間に突き刺さる、荷車の車軸だ。

金属で作られているらしいそれは、かなりの強度があるらしい。

ソーン・ジェレはその車軸を掴むと、力技でイワヘビから引き剥がした。

曲がっている様子もなく、案外手にしっくりとくる。

何より、重さが丁度いい。

普通の人間ならば持ち上げるのがやっとだろうが、ソーン・ジェレにとっては片手で取り回しすのにいい重さだった。

早速、イワヘビに向かって振るってみる。

イワヘビの体が砕けるが、車軸はびくともしない。

突き、殴り、叩く。

石くれや岩の破片が飛び散るが、車軸は全く無事だった。

こうなったら、あとは簡単だ。

イワヘビが暴れる前に、畳みかけてしまった方がよい。

ソーン・ジェレは車軸を振り上げると、嵐のように攻撃を繰り返した。


街道の道沿いに、イワワリオオワシの巣が見つかった。

イワワリオオワシが街道を通るものを襲っていたのは、それが原因だったらしい。

それを嗅ぎつけたのが、イワヘビだった。

イワヘビはイワワリオオワシの魔力に釣られ、それを襲おうと地中に潜んでいたのだ。

その気配を敏感に察知し、気が立っているイワワリオオワシのところへ、運悪く通りがかったものがいた。

荷車を引いた一団が、それである。

イワワリオオワシは一団を襲い、そこに現れたソーン・ジェレに倒された。

好機と見て取り、イワヘビは姿を現したという訳だ。

「不幸が重なった、ってことですね。ただ、あなたがいたのは幸運だったわけですが」

ギルド職員から今回のことについて説明を受けたソーン・ジェレは、いつものように「わかった」と返した。

もちろん、話の内容の半分ぐらいは理解していない。

なんか蛇が鳥の巣を狙っててバタバタしてて、それに人が巻き込まれたんだろうな、程度にしか思っていなかった。

まぁ、それでも無事に依頼料は受け取ることはできたので、問題はない。

「あの一団は街の商家で、農家へ野菜の買い付けに行く途中だったそうですよ。一応武器も持っていたようですが、あれが相手ではねぇ。いや、本当に運が良かった」

運が良かったのは自分の方だ、と、ソーン・ジェレは思っていた。

何しろ、イワワリオオワシを討伐した証であるはずの頭部を、こん棒で吹き飛ばしてしまったのだ。

それでは討伐に成功しても、証拠がなくなってしまう。

途方に暮れていたソーン・ジェレに助け舟を出してくれたのは、件の一団であった。

ギルドに対して、あのイワワリオオワシを打ち倒したのは、間違いなくソーン・ジェレだった、と証言してくれたのである。

おかげで、ソーン・ジェレは問題なく依頼料を受け取ることができた。

それだけではない。

なんと彼らから、あの車軸を譲り受けることまでできたのだ。

しかも、対価はいらないという。

危ないところを助けてもらった礼だ、と言うのだ。

ちょうど武器がなくなってしまったところだったので、有難い限りである。

村から付いてきた皆が、今回の件で安心してくれたらしいことも有難かった。

きちんと仕事を成功させ、人助けまでしたことで、ようやく納得してくれたらしい。

一緒に着いてきた全員が、ソーン・ジェレを街に残し、村へと戻っていった。

その際に、土産を置いていってくれている。

ソーン・ジェレの新しい武器となった、車軸。

それに布や紐を巻いたりして、「こん棒」に仕立て直してくれたのだ。

元の形は変えられないので、持ち手を整えた程度ではあるのだが、それでも使い勝手には雲泥の差があった。

その上、全員で魔法をかけて、こん棒を強化していってくれたのだ。

強力な魔法使いであるエルフが、精霊にも頼み込んで掛けてくれた魔法である。

生半《なまなか》な強度であるはずもなく、そのこん棒は唯一無二の武器となった。

といっても、あまりにも重いため、振り回すことができるのはソーン・ジェレぐらいのものだろう。

こうして、ソーン・ジェレは無事に、冒険者としての第一歩を踏み出すこととなったのであった。

かぼちゃ事変

ゼーヴィットの目的は、品質の高い傷薬の普及。

そのためには、冒険者がギルドに収める薬草の質を高めなければならない。

ギルドが冒険者に薬草採集の講習を受けさせれば比較的簡単に解決できるのだが、残念ながらギルドにはその気がまったく無いようだった。

なので、ギルドが傷薬の品質向上に興味を持つようにしなければならない。

「それには冒険者が、質の高い傷薬を欲しがるようにすればいい。問題は、どうやって欲しがらせるか。ってことよ」

「そんな方法、あるんですかオヤブン」

怪訝そうな顔をするゼーヴィットと子分二人に、リュアリエッタは「簡単よ」と頷いた。

「一回使わせればいいのよ。人間っていうのはね、一度便利なものを覚えたら手放せなくなるものなの」

「そんなもんですかねぇ？」

「例えば、あんたが今使ってる毛布。あれが無くなったらヤでしょ」

子分二人は、恐ろしいものを見るような目をリュアリエッタに向けて震える。

暖かい毛布を知れば、手放しがたくなるのは当然だろう。

「傷薬も同じようなものよ。一回使わせれば、あとは放っておいても買うようになるわ。問題は、どうやって最初の一回を使わせるか、ね」

「なにか良い方法でもあるの？」

「相手は冒険者なのよ？　簡単じゃない。依頼を出せばいいのよ」

質問の答えに、ゼーヴィットは首を捻った。

「傷薬を試してほしい、って依頼するってこと？」

「そんな依頼を受ける冒険者なんて程度が知れるじゃない。それなりに腕のある冒険者に使ってもらわないと宣伝効果がないわ」

リュアリエッタの考えた「依頼」は、次のような内容だった。

まず、街周辺地域の薬草調査依頼、というのをギルドに出す。

街の周辺の森に生えている薬草を調査したいので、こちらが指定した複数地域で薬草を採集し、持ち帰ってもらいたい、というものだ。


「薬草が生えやすい地域を知りたい、とか。どの地域の薬草が傷薬に適しているか調べたい、とか。そんな理由を適当に付けて依頼するわけ」

「まぁ、確かにそういうのは調べたことないなぁ。でも、本命はそっちじゃないってことでしょ?」

「その通り。薬草を採ってきてもらう時、こういう薬ができるんだけど、ついでだから機会があったら試してみて。って感じで、傷薬を渡すわけ」


一度薬を使ってもらえれば、冒険者ならば必ずその有用性が分かると、リュアリエッタは確信しているのだ。


「なるほどねぇ。ってことは、調査依頼自体には意味がない、ってことかぁ」

「なに言ってるの。そんなもったいないことしないわよ。もちろん、調査してもらう意味はきちんとあるわ」

「薬草の分布の調査が？　ちょっとおじさん、想像つかないんだけど」

「これから質の高い傷薬の良さを広めるってことは、絶対に数が必要になるわ。冒険者にとっては消耗品だもの。安定供給は絶対条件よ」

冒険者にとって傷薬というのは、日常的に必要な消耗品だ。

安定していつでも手に入らなければ、あまり有用とは言えない。

「だから、なるべく早く傷薬の数を揃える必要があるわけ。その時に、分布調査した結果が手元にあれば、効率的に薬草が集められるでしょ」

薬草も、探すのにはそれなりに労力が必要だった。

どの場所にどんな風に生えていた、という情報があれば、採取の効率はずいぶん上がるだろう。

「それに、危険な場所もわかるわね。ルグミールがいるとはいっても、私たちあんまり戦うのは得意じゃないもの。そういう場所には近づかないに限るわ」

「すげぇ。さすがオヤブンだ」

「おいらたちとちがって、学があるや」

「ああ、そうそう。ついでに、聞いておきたいことがあるわ。先生、傷薬の作り方についてなんだけど」

「せん、せい？」

先生という呼び名に、ゼーヴィットはぎょっとしたような顔になる。

魔法学校で教師をしていたので先生と呼ばれることはあったが、魔法学校をやめて魔法の薬屋になって以降、そう呼ばれることはまずない。

「研究者で薬師なんだから、先生でしょ。で、傷薬って、作業工程すべてを魔法が使える人がやらないといけないの？　あ、魔法の薬の作り方だから、秘密なのかしら」

「簡単な部類だからね、秘密なんてことはないよ。ええっと。そうだなぁ。魔法が必要なのは、ごく一部だねぇ。ほかのところは、魔法使いじゃなくてもできるかな。そんなに難しい作業でもないよ」

「例えば、私たちが部分的に作業を請け負う。なんてことはできるかしら？」

「部分的に。ええっと、まあ、そうだね。魔法が必要じゃない部分。作業工程の七割八割は、君達にもできると思うよ」

「よかった！　それなら、ずいぶん作業時間と費用の削減ができるわ」

「削減？　というと？」

「安い労働力を雇って、傷薬作りを手伝わせるのよ。そうすれば、たくさん傷薬が作れるもの。先生と同じような薬師を何人も雇うより、何倍も効率的だわ」

何でもないことのように言うリュアリエッタの言葉に、ゼーヴィットは衝撃を受けていた。

他の魔法の薬はともかく、傷薬は魔法使いにしかできない工程は極端に少ない。であれば、ゼーヴィットのような薬師が一から十まで作業をする必要はないのだ。確かにその方が作業は早く済むし、費用もかからない。

「普及させるには、数を用意する必要がある。そのための分担作業、ってことかぁ。考えたこともなかったなぁ」

今までずっと傷薬のことを考えてきたゼーヴィットだったが、全く思いつかなかった発想であった。

だが、間違いなく理《り》に適《かな》っている。

自分には無い柔軟な発想に、ゼーヴィットは感心するより先に圧倒されていた。

そんなゼーヴィットをよそに、リュアリエッタは話を進める。

「そういうことなら、人手を集めるわよ。私達だけじゃ足りなくなるわ」

「へ？　どういうことですか？」

「言葉通りの意味よ。私達は薬草を採りにいかないといけないでしょ。先生の手伝いは、他の連中にやらせないといけないじゃない」

「でも、誰にやらせるんです？」

「決まってるじゃない。私達みたいな連中よ」


子分二人は顔を見合わせ、首を捻り合った。


リュアリエッタの指示の下、子分二人は街中を駆けずり回っていた。

目的は、人手集め。

声を掛けているのは、子分二人の孤児仲間達だ。

孤児院やどこかの家庭に拾ってもらえたならともかく、孤児というのは生きていくのが難しいものである。

仲間内で助け合わないと、とても生きていけないため、横の繋がりが強かった。

「で、おれたちに、なにしろっていうんだよ」

「聞いてきたんだけど、しょうじきよくわかんないんだよ。ちょくせつオヤブンに聞いたほうがいいとおもう」

「なんだそれ。よくわかんないけど、おれたちにソンはないんだな？」

「だいじょうぶ。お金もらえるし、たべものも、もらえるよ」


かなり雑な説明ではあったが、孤児仲間達はそれで納得してくれた。

仲間の不利益になるような嘘は吐《つ》かない、と考えていたからだ。

実際のところ、仲間に嘘を吐くような孤児はすぐに味方を失うことになり、弱い立場の彼らがそうなれば、生きていくのは難しい。

子分二人が走り回った結果、六名の孤児が集まった。

街にいる、孤児院などに保護されていない孤児全員である。

簡単な挨拶を済ませ、リュアリエッタは話を始めた。


「よく集まってくれたわね。稼ぎ時にわざわざ来てもらったんだから、今日の食事位は保証するわ。安心しなさい」

リュアリエッタがそう切り出すと、孤児達はほっとしたように表情を緩めた。

たとえ一日でも食い扶持《ぶち》稼ぎができないというのは、彼らにとって生き死にに直結する問題なのだ。

「あんた達にやってほしいのは、薬草を干したりすり潰したりすること。それを、傷薬の材料として使うの」

「きずぐすりって、まほうの薬の？」

「そうよ。傷口にかけたりすると、あっという間に傷が治るアレね」

「そんなの、おれたちが作れるわけないいんじゃ」

「大丈夫よ。作る手伝いをするだけで、魔法が必要な部分は先生がやるわ。作業も、先生が教えてくれるから。先生！」

「はいはい。薬師のゼーヴィット、と言います。君たちの雇い主になるから、よろしくね」

頭をかきながら自己紹介をするゼーヴィットに、孤児達は少し困惑した様子で返事をする。

「ええっと、まず最初に。傷薬は作るのが簡単だけど、魔法の薬です。とても繊細なものだから、扱いにはすごく神経を使わないといけないいんだよね。それはわかるかな？」

孤児達が頷くのを見て、ゼーヴィットは先を続ける。

「例えば薬の材料にほかのモノが入ったら、それだけ効果が下がっちゃう。そうならないように、薬を作る前には湯浴みをしてもらいたいんだよね。それから、着替えも。もちろん、こっちで全部用意するから。面倒だけど、必要なことだから。我慢してね」

ゼーヴィットはリュアリエッタ達と別れ、孤児達を自分の店へと連れて行った。

工房も併設している店は広く、孤児達が入っても余裕がある。

ゼーヴィットは中庭にタライを用意すると、魔法で出したお湯を入れた。

石鹸や手拭いなども用意されており、ゼーヴィットの指示の下、孤児達は体を洗う。

すっかり体を清めたところで、準備されていた服に着替えた。

「じゃあ、作業を覚えてもらおう、って、言いたいところなんだけど。その前にご飯かなぁ。お腹すいたし」

そう言うと、ゼーヴィットは孤児達を店の奥にある部屋へ案内した。

テーブルの置かれた広間で、絨毯が敷いてある。

「ここは、休憩用の部屋でね。この店、空き店舗を買い取ったんだけど。もともと結構大きかったらしくてね。こういう部屋もあるんだよ。まぁ、君たちも休憩する時は好きに使って」

そんなことを言いながら、ゼーヴィットは孤児達に具材を挟んだパンとスープを配る。

「あの、まだおれたち、はたらいてないんですけど」

「皆に頼むのは、結構繊細な仕事だからねぇ。お腹空いていてたら集中できないでしょ？　まぁ、とにかく食べてよ。おじさんが作ったものだから、味は保証しないけど」

体を洗い、服をあてがわれ、その上に食事まで出る。

あまりにも待遇が良すぎることに、孤児達は困惑を隠せなかった。

何か騙されているような気がするが、何かあったら最悪逃げればいい。

そう覚悟を決めて、孤児達は食事に取り掛かった。

傷薬を使った商売をしようと考えると、かなりの数の薬草を集める必要がある。

となれば、今までよりも危険な場所にも足を延ばさなければならなくなる。

これまでは戦力を魔獣であるルグミールに頼ってきたが、それだけでは間に合わなくなるだろう。

となれば、リュアリエッタも何かしら武装をしなくてはならない。

子分二人に武器を持たせても良いかもしれないが、まだ体格もできていない子供に武器を与えてもあまり役には立たないだろう。

将来的には意味があるかもしれないが、今欲しいのは即戦力だ。

色々考えた末、リュアリエッタは弓を持つことにした。

小さな武器で魔物を相手にするのは不安だし、槍などは体格の小さなリュアリエッタには重すぎる。

弓ならば、他の武器と比べてある程度軽量だし、矢が刺されば相手の動きを阻害できて逃げられるだろう。

将来のためにと、父や隊商の護衛などから多少扱いを習ったこともある。

もう一つ、父から貰ったネックレスが役に立つ、というのもあった。

力を強くする魔法の道具であるそれがあれば、弓を弾く力には困らない。

リュアリエッタはさっそく弓を手に入れ、練習を始める。

始めは新品を探していたのだが、幸運なことに先輩冒険者が中古品を安く譲ってくれた。

中古品といっても、しっかりと手入れが行き届いており、かなり高価な品である。

それを、格安で譲ってくれたのだ。

以前からギルドに出入りしていたリュアリエッタ達を、気に掛けてくれていたらしい。

ついでだからと、扱い方も教えてくれた。

「冒険者ってのは、横の繋がりが大事でな。借りだと思ってくれたなら、いつかどこかで返してくれりゃいいさ。もしくは、いつかできるかもしれない後輩に返してやってくれ」

そうやって、冒険者というのは回っている。

生活のためだけに冒険者になったリュアリエッタには、正直よくわからない感覚であったが、何となく理解はできる。

旅商人にも、似たような習慣があるからだ。

文字通り商売敵《がたき》同士の旅商人だが、困った時は助け合うのが当たり前だった。

危険な地域を渡り歩く、命がけの商売だ。

何かあった時に誰かに助けてもらえなければ、死に直結する。

だからこそ、誰かが困っていたなら、できる限り助ける。

そういった行動ができない者は旅商人として失格だ、と、リュアリエッタは父から教わっていたのだ。

リュアリエッタは弓の練習をしつつ、子分二人とともに薬草採集の仕事を続けていた。

薬草を納める先は、ゼーヴィットの魔法の薬店だ。

孤児達が薬草を加工する練習用として使われて、できたものは店に並んでいる。

「あの子達の練習は、進んでるの？」

「もう売り物の加工を手伝ってもらってるぐらいだよ。いやぁ、彼ら優秀だねぇ」

「そういえば、あの子達が先生の店で寝泊まりしてるっていうのは本当なの？」

「え？　ああ、そうだよ。寝泊まりしてるところがあんまりいい場所じゃないみたいだったから、移ってもらったの」

「そんなことして、お金とか大丈夫なの？」

「そっちは問題ないよ。丁稚奉公《でっちぼうこう》みたいなものだから、少しお給金は安くなっちゃうけどね」


年少の者が衣食住を保証されながら仕事をすることを、丁稚奉公という。

保証が手厚い代わりに給金はごく僅かなのだが、孤児達にとってはこれ以上ないほど有難い待遇だ。

「よかったの？　そういうのって負担になるんじゃない？」

「そうでもないよ。おじさんそれなりに収入あるし。丁稚さんがいるのってそんなに珍しいことじゃないでしょ？」

ゼーヴィットの実家は、それなりに裕福な商家であった。

丁稚奉公をしている者も抱えていたので、それが当たり前だと思っているのだ。

その点リュアリエッタは旅商人の娘であり、あまり「普通の商家」について詳しくない。

ゼーヴィットが当然のように言っているので、そういうものなのか、と納得していた。

実際はそんなこともなく、孤児を雇う条件としては破格のものだ。

「まあ、それならいいんだけど。で、ギルドに依頼は出せたの？」

「一応ね。今は、掲示板にかかってるみたいだよ」

ギルドに出す予定だった、薬草の調査依頼のことである。

既に依頼は出しており、今は募集期間であった。

ある程度人員が集まったら、連絡が来るという。

「調査をするにも、ある程度人が要るからねぇ」

「それはそうよね。魔獣がいる森の中を歩くんだし。で、それが終わったらいよいよ傷薬の量産。私達の出番ってことね」

リュアリエッタ達は専属の冒険者として、ゼーヴィットの魔法の薬店へ薬草を卸す約束になっていた。

また、魔法の薬を安く売ってもらう約束も交わしている。

優秀な薬師から安く魔法の薬を手に入れられるのは、冒険者にとっては大きな武器といっていい。

「先生は安定して薬草が手に入り、私達は売り先が手に入る。こういうのを共存共栄っていうのよ」

「オヤブン。これがうまくいったら、はらいっぱい食えるんですかね？」

「おいしいものがお腹いっぱい食べられるわ。私達の小屋の修繕もできるわよ」

「やったー！　すっげぇー！」

「さすがオヤブンだー！」

「上手くいくといいんだけどねぇ」

はしゃぐリュアリエッタと子分達を見て、ゼーヴィットは苦笑いを浮かべた。

ソーン・ジェレは魔法が使えないが、エルフというのは基本的に魔法を得意とする種族である。

そのため、ちょっとした怪我であれば魔法で治すのが常であった。

治癒・回復の魔法というのは、気軽に使える応急処置といった感覚である。

だから、初めて傷薬を見た時、ソーン・ジェレは心底驚いた。

火をつける、物を破壊するといった魔法を、道具で再現するのはまだ理解できる。

しかし、まさか傷を癒す魔法を薬で再現するとは。

ソーン・ジェレには全く、想像外のことであった。

ちなみに、傷薬のような薬がある、という話は、エルフの村でも当然知ることができる情報である。

なんだったら、村を出る時に皆から「そういう物があるから、困ったら使うように」と言われていたのだが、話が難しかったので、ソーン・ジェレの頭の中に全く留まっていなかったのだ。

説明されても、想像できないことはすぐに忘れてしまう。

ソーン・ジェレの頭は、そういう性質を持っているのだ。

さて、こん棒を武器として使っているソーン・ジェレは、敵と接触することが多かった。

体は丈夫なので大きな怪我を負うことは少ないのだが、それでも小さな傷を受けることはある。

村ではその辺にいる誰かが治してくれたものだが、ここではそうもいかない。

魔法が使えないソーン・ジェレは、当然のように回復魔法も使えなかった。

怪我はなるべく避けた方がいいし、してしまったならなるべく早く治した方がいい。

そう考えたソーン・ジェレは、いつも世話になっている雑貨屋で傷薬を買い求めることにした。

だが、ここで思わぬことを言われる。

「傷薬ってのは、当たりはずれがあるんだ。使われてる薬草の質が原因らしいんだがな」

エルフであるソーン・ジェレは、魔法の力を見る目を持っていた。

なので、どれが「あたり」でどれが「はずれ」なのか、一目でわかる。

「まぁ、それも冒険者の醍醐味だと思って、諦めてくれ」

醍醐味のはずの当たりはずれが、一目でわかってしまう。

ソーン・ジェレは、自分が酷いズルをしているような気になってしまった。

ズルをするのはよくない。

かといって、わざとはずれを選んで買うというのも、また違う気がする。

普段だったら気にもしないところだろうが、「冒険者の醍醐味」と言われてしまうと、それを体験できないというのが惜しくなってきた。

何とかして、じぶんも「あたりはずれ」というのを体験してみたい。

そのことを雑貨屋の店主に伝えると、呆れたような顔をされる。

「エルフってなぁ、変わってんなぁ。そうだな、ならいっそ、自分で薬草を採集して、薬師に持ち込んでみちゃぁどうだ？　ちょっと形は違うが、それも冒険者の醍醐味だろ？」

正直なところ、冒険者の醍醐味というのが何なのか、ソーン・ジェレにはいまいちわからない。

だが、醍醐味だと言うのだから、やっておくほうがいいのだろう。

一つの醍醐味を味わえないならば、別の醍醐味で取り返す。

ソーン・ジェレには、何やらそれが良い考えのような気がした。

そうと決まれば、薬師のところに行く必要がある。

しかし、ソーン・ジェレには薬師の知り合いがいなかった。

ならばと雑貨屋に聞いてみれば、案外あっさりといい話を聞かせてくれる。

「薬師ねぇ。この近くに、薬師が多い街があってな。なんでも、近くの森やらで薬草が多く取れる、とかなんとか。そこに行ってみりゃいいんじゃねぇかな。もしかしたら、薬草がらみの依頼もあるかもしれねぇよ」

思いのほか有意義な情報が手に入り、ソーン・ジェレはさっそく件の街へと向かうことにしたのだった。


クロタマ達のパーティにロブが加わってから、数か月が経っていた。

パーティとしての安定性が増したことで、収入も随分増えている。

おかげで、ガルツは盾と武器を揃えることができた。

ミラーラは依頼終わりのご馳走を楽しみにしていて、クロタマは充実した冒険者生活に満足している。

ロブの方も、着実に実績を積み重ねており、教会からの評価もそれなりに良いらしい。

四人の連携も良くなってきて、ずいぶん気心が知れてきた。

それでも相変わらずガルツはロブのことを「ロブ司祭」と呼び、ロブはずっと丁寧語で話し続けている。

これは性分のようなので、いまさら変わらないだろう。

ただ、クロタマとミラーラは、ロブに対してすっかり遠慮が無くなっていた。

平手で背中を叩き、肩を組んで笑ったりしている。

ガルツは冷や汗をかいているが、ロブは相変わらずまったく表情が読めない無表情で、特に気にしている様子もない。

もっともロブの方も随分遠慮が無くなってきており、さらりと辛辣《しんらつ》なことも口にするようになっている。

当然、言われた方は全く気にする様子もなく、それだけ四人が気の置けない仲になってきているということだ。

そんな折、魔物との戦いの中で、ロブが怪我をした。

別にそれほど珍しい話ではない。

危険な冒険をするからこその冒険者であり、怪我や生傷は、日常茶飯事といっていい。

ロブも当然普段細かな怪我はしていたのだが、この時の怪我は少々大きかった。

とはいっても、魔獣の攻撃を避けようとして掌にできた、大きな擦り傷なのだが。

「手に怪我してると不便でしょ。私が治してあげる!」

そう申し出たのは、ミラーラだった。

「ロブって司祭なのに、回復魔法使えないんでしょ？　だったら私に任せて！」

「私には適性が無いようですので。しかし、ミラーラが回復魔法を使えるというのは意外でした。確かに不便ですし、お願いします」

ミラーラとロブでは、当然のようにロブの方が魔法の腕も知識も上であった。

普段は魔法を教わる立場になることが多いミラーラだが、回復魔法に関してだけはロブより優位に立てる。

ミラーラには、それが嬉しくて仕方なかったらしい。

鼻息を荒くしながら、大張り切りで呪文を唱え始める。

「なんでしょう、ミラーラが張り切るっているのを見ると、不安で仕方ないのですが」

普段ほとんど表情が変わらないロブだが、その眉間に若干皺が寄っている。

クロタマとガルツも同意見なのか、何とも言えない顔で黙っていた。

やがて呪文が完成し、ミラーラは回復魔法を発動させる。

ロブの掌へ向けられた回復魔法は、しっかりと効果を発揮した。

見る見るうちに傷は治っていくのだが。

「あああぁぁぁぁっ!!」


突然上がった悲鳴に、クロタマとガルツは驚いたように身を跳ね上げる。

一体誰の声かと見回せば、声の主はロブであった。

かなり切羽詰まった声音《こわね》だったが、眉以外はほとんど動いていない。

しかし体は小刻みに震えており、尋常でない痛みを感じていることが窺《うかが》えた。

短く悲鳴を上げたものの、ロブは歯を食いしばり、それ以上の声を抑え込む。

そうしているうちに、回復魔法によって　傷が塞がったらしい。

すっかり癒えた手をためつすがめつしながら、ロブは確認するように自分の手を触る。

特に異常がないことを確認すると、ミラーラに顔を向けた。

そんなロブを見て、ミラーラは不思議そうに首を傾げる。


「どうしたの？」

「どうしたのじゃありませんっ！　なんなんですか、今のは！　まるで傷口に指を突きこまれたみたいな痛みでしたよっ！　拷問か何かですかっ！」

「ああ、そうそう。私の回復魔法って、治るけどものすごく痛いみたいなんだよね」

あっけらかんとした顔で言うミラーラに、ロブの体がわずかに揺らぐ。
どうやら眩暈《めまい》を覚えたらしい。

「聞いたことありませんよ、そんな回復魔法！」

回復魔法というのは、傷や痛みを癒すことを目的とした魔法である。
それに痛みを伴うなど、論外であった。

「二人は知ってたんですか、このめちゃくちゃな回復魔法！　おかしいと思うでしょう！」
「いや、なんか変だとは思ってたんですけど。他の回復魔法って、あんまり知らなかったもので」

田舎の出であるガルツは、そもそも回復魔法というものをあまり見たことがなかった。
なので、ミラーラのそれを変だとは思いつつも、「そういうものなのだろう」と納得していたのである。

「オイラ、人間の回復魔法って見たことなかったから」

自分と同じ「森に住む猫」の魔法であれば様々なものを見てきたクロタマだが、人間のものはあまり見たことがなかった。

人間の回復魔法をしっかりと見たのはミラーラのものが初めてであり、「そういうものなのかぁ」と思っていたのである。

「確認してこなかった私にも非はありますが。これでは平時はともかく、戦っているときには使えないでしょう」

だが、ミラーラの回復魔法では激痛で、戦うどころではなくなってしまう。

呪文などの複雑な工程が必要で、時間もそれなりに必要だ。

ミラーラの性格では、戦いの中で回復魔法を使うのは、現実的ではないだろう。

「大体、どこで覚えたんですか。こんなデタラメな魔法」

「えーっとね。村に時々来る魔法使いの人から教わった。んだけど、なぁーんか所々覚え間違ったりしてる気がするんだよね」

「そんな適当なことで魔法が発動するんですか」

本来魔法というのは、非常に繊細なものである。

呪文や構成の仕方、魔力の込め方を一つ間違えただけでも、何も起こらないことはよくある。

それが曲がりなりにもこうして傷が治っているということは、これはこれで正しい、と言えなくもない。

「いえ、よく見たら古傷やら何やらも治っていますね」

ロブは上着を脱ぎ、回復魔法を掛けられた方の腕を確かめてみる。

確かにあったはずの古傷が消え、まるで生まれ変わったかのように綺麗になっていた。筋の痛みや筋肉の引き攣《つ》りもなく、むしろ、驚くほどに調子が良くなっていた。

非常に納得がいかない気持ちを抱えるロブだったが、相変わらずその表情はあまり変わらない。

「どうなってるんですか、これ」

「えっとねぇー。前にものすっごく魔法に詳しい人に聞いてみたら、痛いだけで別に害はないだろう、ってさ」

クロタマが言っている「魔法に詳しい人」というのは、精霊のことであった。

ミラーラが回復魔法をかけるたびにガルツが痛がるので、若干気になったクロタマが精霊に「あの魔法、大丈夫なの？」と尋ねてみたのだ。

世界の理《ことわり》に近しく、魔法についてもよく知っている存在である精霊によれば、「痛いだけで害はない」ということだった。

痛いということそれ自体が害ではあるのだが、精霊がそう言うのだから一応は大丈夫なのだろうと、クロタマは納得している。


「その、魔法に詳しい人とは？」

「えーっとねぇ。なんていうかー」


ロブには、クロタマが「森に住む猫」であることはまだ説明していなかった。なので、「精霊から聞いた」というのは言い出しにくい。

何と答えたらいいかと悩むクロタマを見て、ロブは何事か納得したように頷く。


「名前を出せない方、ということですか。情報は冒険者にとっての宝でしたね。不躾《ぶしつけ》に聞いてすみませんでした」

「いや、そんなたいそうなことじゃないんだけど。まぁ、何かの機会があれば、説明するよ。うん。とにかく、信頼できる人？　だから」

なにしろ、相手は精霊である。

人間からしてみれば、精霊から与えられた魔法は、奥義であり秘儀になりえた。

その精霊から「大丈夫」と一種の太鼓判を押された訳だから、ある意味ミラーラの回復魔法はすごいのかもしれない。


「クロタマがそう言うのであれば、信用しましょう」

「え？　私だけだったら信用しないってこと？」

「しかし、よくガルツはアレを受けて平気でしたね」


不満げなミラーラを無視し、ロブはガルツの方を向いた。

戦いの時に前に出て相手を抑え込む役割をすることが多いガルツは、怪我が絶えない。

そのため、時々ミラーラの回復魔法を受けていたのだ。

その時にいつもいくらか嫌そうな顔をしていたのをロブは不思議に思っていたのだが、今ようやくその理由が分かった。


「まぁ、慣れ。ですかね」

「慣れるんですか？　あれに？」

「いや、そういうものだと思っていたもので。違うとわかったら、なるべくやりたくはないですけど」

それしかないと思って我慢していたが、そうではないとわかれば、ガルツも痛いのは嫌だった。

「ミラーラの回復魔法ですが、戦闘中などのとっさの時には使えませんね。集中力が切れます」

「それはそうかも。オイラもミラーラに回復魔法してもらうと、毎回叫んじゃうし」

魔法が得意なクロタマだったが、回復魔法は使えなかった。

あれは案外難しく、「森に住む猫」でも使えないものもいるのだ。

ロブはしばらく考えるように目を閉じると、一つ頷く。

「念のため、傷薬でも買っておきましょうか。魔法の薬は、この辺りだとどこに売っているんですかね」

「ええ⁉　魔法の薬って高いんでしょう⁉」

ロブの言葉に難色を示したのは、ミラーラだった。

「ミラーラってケチだよねぇ」

「倹約家って言って」

「確かに少々高いですが、払えない額ではありませんし。毎回使うものでもありません」

それでも苦い顔をするミラーラに、ロブはため息を吐いた。

「では、今後怪我をしたらミラーラも自分の回復魔法で傷を治してください」

「傷薬ってどこに売ってるのかなー」

ミラーラはくるりと掌を返した。

誰だって、痛いのは嫌なのだ。

🐾 🐾 🐾

早速ギルドに行ってみたクロタマ達だったが、暇そうにしていたギルド支部長から返ってきたのはそっけない言葉だった。

「ぜーんぶ売れちまったよ。傷薬」

新人冒険者が大量に入ってきて、売り切れたのだという。

まだ仕事に慣れていない新人達は怪我を負うことが多く、今回の新人達もご多分に漏れず、少なくない者が怪我を負ったのだという。

中にはかなりの重症を負った者もいたらしい。

通例であれば、そういった重傷者の治療には、回復魔法が使える先輩冒険者か、村の治療師が当たることになる。

だが、折悪くそのどちらも出払っていることが多かったため、傷薬がいつもより多く売れたのだという。

話を聞いたミラーラは、不服そうに口をとがらせる。

「私、回復魔法使ってくれって頼まれたこと一度もないんだけど」

「ガルツでも痛がるような回復魔法なんて、新人に耐えられるわけないだろ。まぁ、そんなわけだから傷薬はここにはないねぇ。っと、そうだ」

ギルド支部長は何事か思いついた、というように手を叩いた。

「お前ら街まで行って、傷薬の注文書出してきてくれないか？」

ギルド支部のある村から街へは、定期的に馬車便が出ている。

とは言っても十数日に一度といった頻度《ひんど》であり、すぐに連絡を取ろうと思ったら、直接出向くしかなかった。

「二、三日前に定期便が出たばっかりでな。非常用のこともあるし、傷薬の備蓄は必要なんだよ」

「それで、俺達に取りに行ってほしい。ってことですか？」

そう尋ねるガルツに、ギルド支部長は「いや」と首を横に振る。

「他にも注文する品があるから、手紙を届けるだけでいいぞ。お前らもそろそろ別の稼ぎ場に行っても良い頃だし。遠出の練習に丁度いいだろう」

誰からも反対意見が出ることもなく、四人はギルド支部長からの依頼を受けることにしたのであった。

稼ぎ方にもよるが、冒険者は遠出仕事をすることも多い。

以前から少しずつ旅支度を進めていたクロタマ達は、依頼を受けた翌日に出発。

二日ほどで、目的の街に辿《たど》り着いた。

「広い街だねぇー。人も多いし。お祭りでもやってるのかな？」

「お前、あんまりきょろきょろするなよ。みっともないだろ」

忙《せわ》しなく辺りを見回すミラーラに、ガルツは顔をしかめる。

いかにも田舎者といったミラーラの仕草は、確かに少々目立っていた。

「この後ってさぁー、どうするのー？」

「とりあえず、依頼を終わらせよう。手紙を届け終われば、何をするのも自由だからな」

クロタマに聞かれ、ガルツが答える。

手紙を届けてしまえば、仕事は終わりだ。

一応、ギルド支部長に無事に届けたことを知らせに戻る予定だが、急ぎで帰ってくる必要はないということだった。

今回の依頼は、クロタマ達のパーティに経験を積ませることも目的なのだろう。

「ささっと届けに行くか」

目的の場所への地図は、ギルド支部長からもらっている。

「この街でも、何か依頼を受けるのもいいかもねぇ。どんなのがあるのかなぁー」

地図を読みながら歩くガルツの後ろについて歩きながら、クロタマは楽しそうに言う。

知らない街の知らないギルドには、どんな仕事があるのか。

あれこれと想像を膨らませ、クロタマは跳ねるような足取りで歩くのだった。

🐾　🐾　🐾

無事に手紙を届け終えたクロタマ達は、その足で街の冒険者ギルドへとやって来た。

当たり前なのだが、この街のギルドは普段クロタマ達が世話になっているギルドより、遥かに大きい。

「広いギルドだねぇー。人も多いし。なにか緊急事態でもあったのかな？」

「お前、縁起でもないこと言うなよ。ギルドの招集がかかるってよっぽどだぞ」

ミラーラにとっても、やはり人が多いというのは珍しいものだった。

周りを見回し、気になる方へ歩いていこうとするミラーラを、ガルツが上手く捕まえている。

クロタマとロブは、依頼の貼り出される掲示板を見ていた。

「依頼ってさぁ。土地ごとの特色が出る。んだよね？」

たとえば、クロタマ達が普段世話になっているギルドでは、近くにある小さなダンジョンに関わる依頼が多い。

ダンジョンが外へ吐き出す土くれの獣は、倒すとよい肥料になった。

体も重く、動きも素早いのだが、動作自体は単純なので、狩りに慣れていない新米冒険者が集まっていた。

「この街の周囲には、薬草が多く生える森があるようですね。それに関する依頼が多いのではないか、と思うのですが」

クロタマとしては、その土地ならでは、という依頼が受けたかった。
その方が、いかにも冒険者という感じがするからだ。
ロブもクロタマの目的は分かっていたので、あれこれと依頼の内容を確認していく。

「どうやら、この街は薬師が多いようですね。ただ、おかげで依頼が少し専門的すぎるようです」

掲示板を見る限り素材採集の依頼が多いのだが、そのどれもが専門的な知識を必要とするものばかりだった。

「まあ、この街で出される依頼が全てこういうもの、という訳ではないでしょうけれどね。恐らく、専門知識が必要ない依頼は、既に誰かが受けているのでしょう」

依頼は早い者勝ち、というのが冒険者ギルドの原則であった。
ギルド側が実力不足と判断すれば拒否されることもあるが、冒険者側もその辺りは心得ている。

自分の力で解決できる依頼を見極める能力は、冒険者の必須技能であった。

「おや。これは面白そうではありますね」

ロブが見つけたのは、薬草の採集調査依頼であった。

「森の中に入り、指定した場所周辺の薬草を採集する、という内容です。どうやら、薬草の自生地に関する情報を集めたいようですね」

依頼に興味を持ったのか、いつの間にかガルツとミラーラも、ロブの後ろに来ていた。全員で、ロブが見つけた依頼書を覗き込む。

「指定された場所へ行き、その周辺の薬草を採集する。という内容です」

「何か所か回るんだね。地図があるなら、そんなに問題なさそう」

この街には初めて来たが、普段いる場所とそれほど離れていないので、植生やいる魔物などはそれほど変わらない。

地図も用意してくれているらしいし、ギルドで調べれば、危険な場所などの情報も得られるだろう。

なにしろ冒険者を支援することが、冒険者ギルドの仕事である。

大抵の場合、冒険者ギルドで得られる情報さえあれば、初めての土地でもある程度安全に仕事ができるのだ。

もちろん、過度に信じてしまうのは、それはそれで危険なのだが。

「薬草は、依頼人が指定した方法で採集しないといけないみたいだね。やり方は教えてくれるって」

「へぇ。そういうのもあるんだねぇ」

クロタマとミラーラは、顔を見合わせて感心する。

「依頼人は、ゼーヴィットの魔法の薬店店主、ですか。よほど研究熱心な店主さんなのでしょうか。薬草は、冒険者がついで仕事でむしってきて、ギルドに売ることが多いようですが」

「ガクジュツテキななんとかー、ってやつなのかな？」

「なんか面白そう。オイラ、この仕事うけたい！」

胸が躍るのを抑えきれない様子で、クロタマが手を上げる。

そんなクロタマを見て、ロブは一つ頷いた。

「私も、興味があります。それに、魔法の薬店であれば、傷薬も売っているでしょうし」

「そっかぁ！　傷薬買いに来たってのもあるんだもんね。依頼を受ければ、安く売ってもらえるかも！」

「安くってのはともかく。薬師の人と伝手《つて》ができるかもしれないってのは大きいな」

こうして、クロタマ達は薬草の採集調査の仕事を受けることにしたのであった。


エルフの村というのは、深い森の中にあることがほとんどである。

ソーン・ジェレがいた村も森の中であり、畑などはほとんどない。

畑自体は作れないこともないのだが、農作物を狙った動植物がひっきりなしにやってくるので、追い払うのが大変すぎるのだ。

そのため、食事は狩猟採集に頼ることが多く、品種改良された野菜や家畜を口にすることは滅多になかった。

また、調味料や香辛料が手に入りづらかったこともあり、料理文化も発達していなかった。

だから、ソーン・ジェレは村を出て初めて食べた人間の料理に、すさまじい衝撃を受けた。

誤解されることもあるが、「森の人」エルフの舌は、人間のそれとさして変わらない。

すっかり人間の料理が気に入ったソーン・ジェレだったが、薬師が多い街にやって来て、さらなる衝撃を受けた。

冒険者登録をした街の食事も良かったが、この街の食事もこれはこれで美味い。

調理の仕方や味付けが、明らかに違う気がする。

食事処の店主に聞いたところ、食事というのは街ごとに違いがあるという。

人間は多様性に富んだ生き物だ、とエルフの村で聞いてはいたが、これ程だったとは。

あまりの衝撃に我を忘れたソーン・ジェレは、その辺にいる魔物を手当たり次第に倒してギルドに持ち込んではその報奨金で食事をする、という行動を繰り返した。

そうだ、自分は傷薬を手に入れに来たのだ、と本来の目的を思い出したのは、薬師の街に来て七日ほど経ってからである。

とにかく、傷薬を作れそうな薬師を探さなければならない。

だが、ソーン・ジェレには薬師を探す方法に心当たりがなかった。

どうしたものかと考え、方法を思いつく。

困った時はギルドに行け。

村を出る時、口を酸っぱくして言われたことだった。

実際、ギルドは冒険者を手助けする場所であり、ソーン・ジェレはそれなりに優秀な冒険者である。

相談を持ち掛ければ、薬師の紹介ぐらいはしてくれるだろう。

ソーン・ジェレはさっそく、冒険者ギルドへとやってきた。

受付に話をしようとするのだが、そこでふと掲示板に目がいく。

そういえば、この街に来てからまだ一度も依頼の貼り出された掲示板を見ていなかったのだ。

適当に倒した魔物を持ち込んで買い取ってもらい、得た金で食事をする。

村の皆にばれたら怒られそうな生活だが、人間の食事が美味いのだから仕方ない。

どんな依頼があるのか、と見ていたソーン・ジェレだったが、一つ目を引くものがあった。

薬師である魔法の薬店の店主が、薬草採集の依頼を出している。

何とも都合がいい依頼ではないか。

これはぜひ引き受けて、傷薬を作ってもらうしかない。

相談する前に解決策を用意しておいてくれるとは、冒険者ギルドというのはすごい所なのだな。

いささか的外れな感心をしながら、ソーン・ジェレはその依頼を受けることにしたのであった。

ゼーヴィットが出した薬草の採集調査依頼は、合計十名ほどを募集するものであった。

出された依頼内容に鑑《かんが》み、冒険者ギルドがそのぐらいの人数は必要と判断したのである。

冒険者の仕事に詳しくなかったゼーヴィットは、それをそのまま受け入れた。

実際妥当な数であり、専門家の判断を素直に受け入れたのは正しかったと言えるだろう。

募集人数が集まるにはそれなりに時間がかかるだろう、と思っていたゼーヴィットだったが、その予想は良い方向に裏切られた。

掲示板に依頼を張り出してから五日ほどで、人数が集まったらしい。

集まったのは十二名だそうだが、多い分には問題なかった。

早速、依頼内容の詳しい説明をすることにする。

ゼーヴィットが冒険者達を集めたのは、街からほど近い森の中だった。

「えーっと、依頼を受けて頂いて、有難うございます。依頼主で薬師の、ゼーヴィットといます」


挨拶をしながら、ゼーヴィットは冒険者達をぐるりと見渡した。

ゼーヴィットが魔法の薬店を出している街を拠点にしているパーティが、二つ。

それぞれ三人組と四人組のパーティで、若いが実力はあったはずだ。

魔法の薬店は冒険者を相手にすることもあるので、街を拠点にしている冒険者であれば、それなりに顔を知っている。

なので、残りの五人は街の外から来た冒険者達だ、とすぐにわかった。

四人はパーティで、もう一人は単独で行動している冒険者のようだ。

パーティの方は、前衛一人、魔法使いに、身軽そうな少年。

それから、司祭らしき少年。

四人とも本当に若いが、良い気配を纏っている。

元魔法学校の教師であるゼーヴィットの目には、なかなか良いパーティに映った。

言わずもがな、この四人パーティはクロタマ達である。

そして、単独で行動をしている冒険者。

こちらもなかなかに面白い。

人間の街ではあまり見ない、「森の人」エルフの冒険者だ。

背負っているのは、巨大な鉄の棒だろうか。

ギルドから見せられた資料によれば、討伐に特化した冒険者らしい。

背負っている鉄の棒で魔物を殴り倒すのだそうだが、魔法は使わないのだろうか。

ちなみに、こちらのエルフの冒険者は、ソーン・ジェレであった。

五人のことも気になるが、今はそれよりも依頼についての説明をしなければならない。

「皆さんには薬草の採集をしてもらいたい訳なんですが。実は、薬師にとって薬草っていうのはすっごく重要な素材なんですよ。結構いろんなものに使って、ないと困るんです。たとえると、そうですねぇ。冒険者にとってのロープみたいなものでしょうか」

物を運ぶ、どこかを登る、何かを縛る、罠を張る。

ロープというのは、冒険者にとってはとにかく使い出のある道具であった。

普段自分達が使う道具を例に出されたことで、冒険者達の間に親近感と緊張が広がる。

「それだけ重要な物ですので、薬師としてはなるだけ良い物を、安定して手に入れたいんです」

常に危険と隣り合わせで生きる冒険者にとって、ロープは命を預ける道具の一つだ。

それを例に出されては、手を抜く訳にはいかない。

「いわゆる薬草と呼ばれる草は、成長するのに多くの魔法の力、魔力を必要とするんですよ。そのため、自然下では魔獣や魔物の死体の近くに生えるんです。そういった意味で、薬草自体も魔物なんじゃないかって言う研究者もいたんですが。まぁ、その辺に関して私は専門外なんですがね」


冒険者達の間から、感嘆の声が漏れた。

魔物魔獣に関する情報、知識は、冒険者にとって宝とも言える。

薬草という、ある程度の稼ぎに直接繋がる知識を惜しげもなく披露されれば、驚くのも当然だ。

もっとも、ゼーヴィット自身にはそんなことをしているつもりは微塵もないのだが。


「魔獣、魔物の死体の近くに生えるってことは、当然その近くには魔獣がいるわけですが。どんな魔獣がいる地域に、どのぐらい薬草が生えるかっていうのは、まだあまりわかっていません。正直、どんな魔獣の死体の近くにどのぐらい生えるか、さえもわかってないんですよ。ただ、安定して手に入れたい訳で。そこで皆さんには、街の周囲のどの辺りに、どのぐらい、どんな薬草が生えているか、を調べてもらいたい訳です」

これは今回の依頼のためにゼーヴィットが捻り出した方便であったが、あながち嘘でもなかった。

実際のところ、今回得られるであろう調査結果は、今後大いに役に立つだろう。

それはゼーヴィットに限らず、多くの薬師にとって有益なものとなるはずだ。

「薬草は、採集方法、保存方法によって、効果が著しく変化します。変な採り方をすると、質が著しく低下するんですよね。まぁ、実際どのぐらい違うかなんですが」

ゼーヴィットは持ってきていた籠から、二本の瓶を取り出した。

円柱状の瓶と、角柱状の瓶。

どちらも硝子《がらす》でできており、中には同じ緑色の液体が入っている。

「ここに、二つの傷薬を用意しました。こちらの丸い瓶に入ってるのは、乱雑に採集した薬草で作った傷薬。四角いのが、僕の規定の方法で採集した薬草で作った傷薬です。薬草の質が違う以外は、どちらも同じ手順で、同じように加工した傷薬です。冒険者の皆さんならご存じと思いますが。言ってしまえば、丸い方がいわゆるハズレ。四角い方がアタリの傷薬ってことですね」

「当たりはずれは、薬師の腕だけじゃない。ってことですか？」

たまらずといったように質問する冒険者に、ゼーヴィットは「ですです」と頷いた。

「傷薬の製作っていうのは、実は腕の差が出るほど難しくなければ、複雑な手順も無いんですよ。ある程度の実力さえあれば、正直誰が作っても同じなんです。まあ、そのある程度の実力っていうのが重要で。付け加えて、材料さえ同じなら、ですが」

パーティごとに、二種類の傷薬を三本ずつ配っていく。

単独であるエルフの冒険者には、一本ずつ渡した。

「皆さんに調べて頂いた情報をもとに作られるのが、これです。見本品ですので、よろしければ使ってみてください」

「さっそく、試してみてもいいですか？」

手を上げてそう言ったのは、ガルツだ。

使ってみてください、といったゼーヴィットだったが、まさかこんなに早くとは思っていなかった。

思わぬ言葉に、「え？　あ、はい」と間抜けな声が出る。

それを了承と受け取ったガルツは、ナイフを取り出し、腕まくりをした。

他の冒険者達は、それだけでガルツが何をするつもりか察したのだろう。

わらわらと集まって、様子を眺め始める。

意図が理解できないゼーヴィットも、ガルツの腕を覗き込んだ。


「クロタマ、傷薬頼む」

「はいはい、まっかせてー」


クロタマが薬瓶を持ったのを確認すると、ガルツは手にしたナイフで躊躇《ちゅうちょ》なく腕を切りつけた。

ぎょっとした顔になったのはゼーヴィットだけで、周りは皆当然のように見ている。

実際に怪我をした時に使ってもらうつもりだったゼーヴィットだったが、現役冒険者からすれば、試すならば、危険な冒険の最中より安全な時の方がいい。

切り傷から、血が溢れ出す。

そこに、クロタマは円柱状の瓶、はずれの傷薬をかけた。

わずかな煙のようなものが上がり、血が止まる。

傷口は残ったままだが、徐々に塞がっていくのが見て取れた。

「いや、これ本当にハズレの薬か？　十分だぞ」

「薬師の腕の差かぁ。結構出るもんなんだなぁ」

次いで、ガルツは先ほどの傷の少し上に、もう一つ同じくらいの深さの傷をつけた。

血が流れ始めると、再びクロタマが傷薬をかける。

今度は角柱状の瓶、当たりの傷薬だ。

煙のようなものが少しだけ出る反応ははずれの傷薬と同じだったが、そこからの変化が劇的であった。

見る見るうちに傷が塞がり、あっという間に治ってしまったのだ。

それどころか、当たりの傷薬がかかった隣の傷も、すっかり治ってしまっている。

冒険者達の間から、歓声が上がった。

「こりゃすげぇな。この四角いのが全部これってことか」

「安定してこの効果が出るなら、倍の値段でも買うよな」

「先生、二つの違いは薬草だけって言ってたよな？　なんで薬師ってのは、良い薬草だけを使って傷薬を作らねぇんですかね？」

茫然としていたゼーヴィットは、突然の質問に肩をびくつかせた。

ここでも先生と呼ばれるのか、と思いつつ、気を取り直すように咳払いをする。

「さっきも言いましたが、薬草はいろんなことに使います。いい薬草は、高い薬に使うことが多いんですよ。で、傷薬に使うのは、ギルドが冒険者さんから買い取って、一山いくらで売ってる安い薬草です」

「へぇ。ここのギルドって、薬草買い取ってくれるんだぁ」

驚いた顔で、クロタマが地元の冒険者達の方を見る。

顔を向けられた冒険者は、「ああ」と頷いた。

「この街は薬師が多いから、ってな。ほかのギルドより買取は優遇されてる。だが、そうか。薬草なんて、皆ついで仕事でむしってくるからなぁ。質が安定してないのか」

「時々、魔法の薬店やらが指名依頼を出してた意味が分かったぜ」

どうしても質が高い薬草が欲しい時は、知識のある冒険者を指名して薬草採集を頼むこともある。

ただ、そうやって採集された薬草を安価な傷薬に使っていては、採算が取れない。

「世の中ままならないなぁ」

「毎回これを買いたいところだが。待てよ？　先生のところにいきゃぁ、これがあるってことか？」

「え？　まぁ、はい。販売する傷薬を全部これぐらいの質で安定させられるように、努力してはいます。今回の依頼した調査も、その一環だと思って頂ければ」

にわかに、冒険者達の顔が引き締まる。

今回の依頼が、重要なものだと判断したからだ。

「まぁ、とにかくこんな感じで、薬草の質ってのは大事でして。それを安定させる採集方法を、これから説明します。ここまで来てもらったのは、そこに薬草が生えてるからでして。それを実際に採集して見せますから、見て覚えてください」

そう言うと、冒険者達は食い入るようにゼーヴィットに注目する。

冒険者にとって、知識や技術というのは宝であった。

それが有用なものとなれば、猶更だ。

思わぬ注目を集め、ゼーヴィットはいささか緊張しながら、「薬草」採集の方法について説明し始めた。

重要なのは、土ごと根を掘り起こすこと。
それから、水をかけて土を落とす。
こうすれば、根が傷つくのを防ぐことができる。
やってはいけないのは、茎と葉だけを採集し、根を残すこと。
茎や葉を大きく失うと、薬草は二度と再生することがない。
それどころか、根だけが魔物化して徘徊を始める。
この根の魔物は非常に厄介で、時間が経つほど巨大化して、魔法まで使うようになる。

「前に一回、でっかい根っこの化け物みたいなやつに出くわしたことあったけど。アレって薬草の根っこだったんだねぇ」
「私も知りませんでした。勉強になります」

妙に感心したクロタマの言葉に、ロブは大きく頷いた。

「あれな。あんまり見ない魔物だったから、何だろうとは思ってたけど」

「デカかったよねぇ、あの大木みたいなやつ」

ガルツとミラーラも、嫌そうな表情を浮かべる。

遭遇した魔物のことを思い出しているのだ。

巨大な切り株が根ごと動き出した、といった見た目で、手も出していないのに四人に襲い掛かってきた。

すぐに逃げようとしたのだが、あまりにしつこく追いかけてくるので、やむなく戦ったのである。

あんな物騒なものが生まれるのに加担するというのは、なかなかぞっとしない。

クロタマ達は真剣な面持ちで、薬草採集の方法を確認しなおした。

🐾 🐾 🐾

「ゼーヴィット先生の店は、っと。ここだな」

ガルツは手にしたメモと看板を見比べると、ほっとしたように溜息を吐いた。

既に日が沈み始め、間もなく夕方といった刻限である。

指定された場所で薬草を採集したクロタマ達は、その報告と採集物の納品のためにゼーヴィットの店へとやって来ていた。

割り振られた場所は数か所あり、まだ調査できていない場所もあるが、一日ですべてを回るのは難しい。

そこで、毎日、採集した薬草を納品することになっていた。

店の中を確認したクロタマ達は、店の裏手へと回る。

店内は販売所であり、魔法の薬を作るための加工場は、裏にあるらしい。

店の裏にやってくると、小さな庭のようになっていた。

井戸や洗い場があり、人が数名いて、作業をしているらしいことがわかる。


「従業員の人かなぁ？　みんな同じ服装だし」

「それにしちゃ、若い。っていうか、幼いぐらいか？」


クロタマが言った通り、作業をしている者達は全員同じような服装をしていた。

そして、ガルツが言ったように、若い。

というよりも、子供と言って良いような年齢に見えた。

てきぱきと子供たちが働く様子に、ミラーラは首を捻る。


「あの子達に聞けば、ゼーヴィットさん呼んでもらえるかな？」

「私が話をしてきます」

そういうと、ロブは間口の狭い戸を開け、中に入っていく。

「一応司祭さまだし、ロブの方が聞きやすいもんね」

「そーお？　あの顔で？」

ミラーラの言葉に、クロタマとガルッは何とも言えない表情になった。

何があってもほとんど表情が変わらないロブの顔は、妙な迫力がある。

じっと見つめられるだけで居心地が悪くなるし、暗い所で出くわして、腰を抜かしそうになったこともあった。

「夜とかにおトイレ行くときに会うと、びっくりするんだよねぇ」

「え？　猫って暗い所でも大丈夫なんじゃなかったっけ？」

「いや、見えるけどさぁ。なんていうか、圧がすごいんだよ。圧が」

夜目が効く「森に住む猫」であるクロタマでも、驚くほどだった。

子供達はどんな反応になるのか。

少し心配になるクロタマ達だったが、それは予想外の方向に裏切られた。

「こんにちは。お仕事中すみません、少々お伺いしたいのですが、よろしいですか？」

少年達に声を掛けたロブの顔には、穏やかでいかにも聖職者然とした、笑顔が浮かんでいたのだ。

そう、笑顔である。

変化はそれだけではなく、声まで暖かなものになっていた。

もし知らない人が今のロブを見たら、年は若くともさぞ立派な司祭様なのだろう、と思うに違いない。

突然、立派そうな司祭様に声を掛けられた子供達は、緊張した面持ちになる。

普段の姿を知っているクロタマ達からすれば、違和感しかなかったが、子供達はロブの柔らかな微笑を見ると、ほっとしたように肩の力を抜いた。

「ゼーヴィットさんから依頼を受けて、薬草を届けに来たのですが。こちらで間違いありませんか？」

「ああ、先生がいってた、ぼうけんしゃのひとかぁ」

「でも、司祭さまじゃないの？」

「しってる。司祭さまでも、強い司祭さまは、ぼうけんしゃになることもあるんだって」


子供達が集まってきて、楽しげに話し始めた。

ロブはそんな様子を、心底楽し気に眺めている。


「あ、そうだ。先生呼びにいかなきゃいけないいんだった」

「おれ、呼んでくるよ」

「はい、お願いします」


子供の一人が、建物の中へと走って行く。

それを見送る間にも、残った子供達はロブに話しかけている。


「うちの先生はさぁー、すごいんだよー」

「おれたちに、すむばしょと、飯と、きるものをくれたんだよな」

「みんな、そうなんだよなー」

「おや。皆さん、一緒に暮らしているんですか？」

ロブの質問に、子供達はますます元気に答える。

「そうだよー」

「おれたち、こじなんだけどさ。ここの先生が、やとってくれたんだ」

子供達が一斉に話すのを、ロブは頷きながら聞いている。

クロタマ、ガルツ、ミラーラには何を言っているのか聞き取ることもできなかったが、ロブはきちんと理解できているらしい。

そうこうしているうちに、ゼーヴィットがやってくる。

「お待たせしました、品物を受け取りますので、中へどうぞ」

「わかりました。運びます。では、私は仕事に戻ります。皆さんもお仕事、頑張ってくださいね」

ロブがそう言って笑顔を向けると、子供達は元気に返事をする。

茫然としている三人の元に戻ってきたロブだったが、その顔はいつも通りの無表情であった。

「中だそうです、行きましょう」

「え？　夢？」

「表情筋ないんだと思ってた」

「孤児院を作ると言っていたのでそうじゃないかとは思っていましたが。ロブ司祭、子供好きなんですね」

「何のことですか？」

　クロタマ達の反応に首を傾げるロブだったが、その顔は相変わらずな変化の無さであった。

🐾🐾🐾

「ゼーヴィットさんというのは、かなりの好人物なようです」

　魔法の薬店での納品を終えた後、ロブはその足で街の教会へと出向いた。

　クロタマ達は先に宿に戻って待っていたのだが、開口一番のセリフがこれである。

「居場所のない孤児を、丁稚として雇っているようです。給金も出しているようなので、厳密には少々違うようですが。傷薬に力を入れている研究者だそうで、薬草の採集方法をギルドを通して冒険者に広めようとしているようですね。その過程で、リュアリエッタという少女と協力関係になっているそうです」

「どこで調べたの、それ」

不審げに聞くミラーラに、ロブは「教会です」と返した。

「教会は多くの人が集まりますから、当然情報も入ります。収集した情報は普段外には出しませんが、私も司祭ですので。機密性の低いものならば、教えてもらえます」

「へぇー。教会って秘密組織みたいな感じだったんだねぇ」

「そんなわけない、こともないのか？　この場合」

ミラーラの反応に、ガルツが苦虫を噛み潰したような顔になる。

「今回の依頼は、恐らく薬草採集法を広めるための取り組みの一環だと思われます。もちろん、説明された理由も本当でしょうけれど」

「でもさぁ。なんでそんなこと調べてきたの？」

不思議そうな顔で、クロタマは首を傾げる。

「働いていた子供達のことが気になったもので」

子供を劣悪な環境で働かせたり搾取したりする連中が、いないわけではない。

ゼーヴィットはそういった手合いではなさそうではあったが、一応調べることにしたようだった。

「なんで薬草の採取方法なんて広めようとしてるんですかね？」

「元は魔法学校の教師だそうで、薬草の品質向上について研究していたようです。結局、材料である薬草の質を上げなければならない、というところに行きついたようですが」

その後、魔法学校を辞め、魔法の薬店を開いた。

なんとか薬草の採集法を広めようとするも、なかなかうまくいかない。

そんなときに、リュアリエッタという少女と出合った。

冒険者である彼女が、ゼーヴィットに知恵を貸したのだという。

「ゼーヴィットさんの魔法の薬店で、安定して質の高い傷薬を売る。そうすれば、周りも真似せざるを得なくなり、少しずつ薬草採集法が広まっていく。という目論見《もくろみ》のようです。そして、その薬草はリュアリエッタという冒険者が専属で採集する。という約束のようですね」

「薬草採集って。専属でもそんなに良い金額にならないでしょ？　そのー、リュアリエッタ？　って人に、旨みあるの？」

「彼女はまだ年若く、孤児だそうです。そういう境遇の方からすれば、魔法の薬店から得られる利益は大きいと思います」

「へぇー。まぁ、私達もちょっと前までほとんどお金使わなかったしねぇ」

　村のギルドで簡単な依頼ばかりやっていた頃のクロタマ達の収入は、けっして高いものではなかった。

　薬草を採集してギルドで売るのと、あまり変わらないだろう。

　それでも十分満足していたのだから、問題ないのかもしれない。

「今回の依頼の目的は四つあった訳です。一つ目、依頼の説明の時に言っていた通り、薬草の分布調査。二つ目、冒険者に薬草の採集法を教えること。三つ目、冒険者に良質な傷薬の有用性と、それが安定して手に入るということを伝えること。そして、四つ目。リュアリエッタという少女が、安全に薬草を採集できる場所を確認すること」

かなり頭の回る少女のようだが、戦う力は年齢相応らしい。

危険な場所へは行けない以上、森で安全に薬草採集ができる場所を探すというのは、重要なことだろう。

「なるほどねぇー。一つの依頼に、いろんな意味があったってことかぁ。そのリュアリエッタって子、頭いいねぇ。私じゃ絶対に思いつかないわ」

「オイラ達、あんまり頭良くないもんねぇ」

「そうだよねぇー」

うれしそうに頷き合うクロタマとミラーラに、ガルツは何とも言えない表情を浮かべる。

「俺もさほど賢くはないが、もう少し頭脳労働も頑張ってくれよ。今回はロブ司祭がやってくれたけど、こういう情報を集めたり、分析したりってのは結構重要なんだぞ」

ガルツの言う通りで、冒険者にとって依頼の精査は重要な作業であった。

危険な仕事をする以上、知らず知らず犯罪に加担させられることもある。

「いえ、私はただあの子達の状況が気になっただけですから。とりあえず、問題なかったようですので、何よりです」

「でもさぁ、こうなってくると、そのリュアリエッタって子のこと、気になるよねぇ」

「薬草の調査は、まだ数日ありますから。会う機会もあるのではないでしょうか」

「そっかぁー。たのしみだよね」

クロタマは、わくわくした様子で顔をにやけさせる。

憧れて冒険者になったクロタマにとって、様々な冒険者と出会うことは、最大の楽しみであった。

「私は、あのエルフの人が気になるかなぁ。私、実はさ、エルフの人見たのって初めてなんだよねぇ」

「俺もミラーラも田舎の出だからな。そもそも人間だってそんなに見たことないぞ」

「あー。それもそっか」

ガルツの言葉に、ミラーラは妙に納得した様子でうなずく。

「エルフ族は魔法を巧みに使うと聞きますが。あのエルフの方は、長大な鉄の棒を担いでいましたね。あれを振りながら魔法を使うのだとしたら、相当な実力だと思いますが」

「相当な膂力《りょりょく》が必要でしょうからね」

「案外、腕力自慢で魔法が使えなかったりして」

「そういうエルフの方がいるというのは、聞いたことがありませんが」

そういうエルフがいる、というのを四人が知ることになるのは、この少し後のことである。


クロタマ達がゼーヴィットの依頼を受ける、数日前のこと。

街に近い森の中に、数名の人影があった。

グライツリィス魔法国の兵士達と、一人の魔法研究者である。

「いやぁ、やはりこの辺りは魔力が濃いようですね！　そのおかげで魔獣が多いのですが、強力なものは街に近づきにくい！　いえ、魔獣が近づきにくい場所に街を作ったというべきでしょうか！」

誰に聞かせるでもなくそんなことを言いながら、魔法研究者は素早く作業を進めていた。
兵士達は苦い顔をしているが、彼が仕事をしている以上は文句も言いにくい。
まして、この魔法研究者は国王である「魔王」の指示の下に動いている。
兵士達よりも、立場は上であった。

「いいですよぉ！　非常にいい！　野菜はこういう場所でこそ大きく育つのです！　知っていますか⁉　植物は一定の条件のもと過剰な魔力を注ぎ込むと、魔物になるのです！　その時、農作物！　品種改良を重ねられた野菜は、驚くほどの凶暴性を発揮するようになるのです！　その危険度は、一般的な植物では比較になりません！　まさに凶器！　まさに兵器‼」

上機嫌で声を上げながらも、作業自体は着々と進められていく。

「種を植える時は少々手間がかかりますが、後は放っておけば勝手に発芽し魔物へと変化！　兵器として暴れてくれるようになります！　素晴らしいのは、やはり証拠が残らないことでしょう！　魔物が人為的に発生したものなのか、偶発的に発生したものなのか！　調べる術を知る者は現状存在しません！　何、技術を開発した私ですらわからないんですから！　いや、違う！　違いますね！　魔王様のような目を！　あの素晴らしい魔眼のような力を持つエルフならば、あるいは違和感に気付くことができるかもしれません！　ですが、その正体を知る術まで持つ者などいないでしょう！　さぁ！　作業が終わりましたよ！」

魔法研究者は満面の笑みを浮かべると、大きく深呼吸をした。

「あとは放っておきさえすれば、勝手に周囲の魔力を集め、魔物が芽吹きます。個体差があるので、一斉に発芽、とはいきません。ですが、時差があるからこそ、人為的か偶発的か、わからないはずです。一方的に攻撃されているとも知らず、疲弊していく。理想的な攻撃手段じゃぁありませんか。私が想定していたのは、大規模戦闘の時に使うという方法でしたが。いやいや、こちらの使い方もなかなかどうして、楽しそうじゃぁありませんか」

言いながら、魔法研究者は積み上げていた荷物を漁《あさ》り始めた。
丁寧に布に包まれた何かを取り出すと、慣れた手つきで開く。
出てきたのは、どこにでもありそうな如雨露《じょうろ》であった。

「見た目はごく普通の如雨露ですが、中に魔法の道具を仕込んであります。特殊な魔力を発して、魔物化した野菜を引き寄せる力を持っています。つまり、これを付近の街のどこかに置いておけば、芽吹いた魔物は、一直線にそこを目指して進んでくれるという訳です。この如雨露を形作っている魔法も、十日ほどで自壊し、証拠は無くなります。どこに仕掛けるかは、皆さんにお任せします」

魔法研究者は、近くにいた兵士に如雨露を手渡す。

兵士は震える手でそれを受け取ると、緊張した面持ちで唾を飲んだ。

「さて、ここでの私の仕事は終わりですね！　早く魔王様の元へ戻りましょう！　また別の国に行かなければなりませんからね！」

どこまでも晴れやかな表情で笑う魔法研究者に対し、兵士達は恐ろしいものを見る目を向けていた。

魔法研究者達が去り、数日後。

ゼーヴィットが冒険者達に依頼を出した日の、夜半頃。

薬草採集に出ていたソーン・ジェレが、ゼーヴィットの魔法の薬店にやってきた。

魔法の薬店で働いている孤児達が出迎えたのだが、ちょっとした騒ぎが起こった。

「先生！　先生ぃ！　エルフのひとが！　なんかでっかいものひきずってきた！」

「すっごいでっかい！　でっかいかぼちゃ！」

相当に慌てているらしく、まったく要領を得ない。

とりあえず行ってみると、子供達の言葉の通りの光景が広がっていた。

ソーン・ジェレが、巨大なかぼちゃの化け物を引きずってきていたのだ。

「なんっ⁉　なにこれっ⁉」

「かぼちゃだ」

「いや、それはわかるんだけども。なん、なんで？　どういうこと？　っていうかコレ、魔物か？　かぼちゃが魔力過多になって変質したやつだ」

何らかの原因で植物が魔力を過剰に取り込むと、魔物となり動き出すことがある。

特に品種改良された野菜の魔物は凶暴であり、周囲の動物を襲う。

ものによっては魔法まで使うのだが、魔物化したかぼちゃはその筆頭であった。

「植物なのに火の魔法を使う厄介な魔物なんだけどなぁ。いったい、これをどこで？　っていうか、なんでここで？」

「薬草を採っていたら出くわしてな」


話すのが苦手なのか、ソーン・ジェレの話は要領を得なかった。

根気強く聞き取りをして、ようやく状況が分かってくる。

単独で薬草調査の依頼を引き受けたソーン・ジェレは、街に近く比較的安全と言われている地点を任されていた。

普段からリュアリエッタが薬草を採っている辺りであり、魔獣もほとんど姿を見せないはずの場所だ。

慣れない作業に四苦八苦していたソーン・ジェレだったが、思いがけないことが起きた。

巨大なかぼちゃに襲われたのだ。

それも、一つや二つではない。

都合九つのかぼちゃが、突然襲い掛かってきたのである。

「人間のかぼちゃは危険なのだな」

「状況的に違うとも言い切れないしなぁ」

倒そうにも、流石に数が多い。

いったん逃げるか、とも考えたソーン・ジェレだったが、そうもいかないことに気付いた。

ソーン・ジェレがその場を離れたところ、かぼちゃの魔物達は一直線に街に向かい始めたのだ。

このままでは、街に行ってしまうかもしれない。

火を噴く巨大かぼちゃが街に入ったりしたら、大変なことになる。

こうなったら、なんとしても倒してしまうしかない。

かといって、真正面から戦うのは流石に分が悪かった。

「幸い、エルフは森の中でちまちま攻撃するのが得意だ」

「もうちょっと、こう、言い方というか。まぁ、いいか」

「何とか倒したが、夕方までかかってしまった」

「夕方？　今は夜も結構遅い時間だけど」

「かぼちゃを運ぶのに手間取った。なにしろ、でかくてな」

「運ぶのって。簡単そうに引きずってたけど」

その時、魔法の薬店の従業員である子供達が、血相を変えて飛び込んできた。

「先生ー！　そと！　おみせのげんかんに、かぼちゃが！　かぼちゃが、つみあがってる！」

「でかいやつ！　すんごいでかくて、きもちわるいやつ！」

「持ってくるのが大変だった」

子供達の言葉に、ソーン・ジェレは大きく頷く。

それを見たゼーヴィットは、ぎょっと目を見開いた。

「まさか、かぼちゃの魔物を店の前に運んだんですか⁉　九体全部⁉　なんでここに⁉」

「知らせなければと思って」

「先生、どうしよう！　なんか、ひとがいっぱいあつまってきてる！」

「そりゃ、街中に魔物が積み上がってたら人も来るだろうけども。あっ！　警備兵の人とかも来るんじゃない、これ⁉」

突然町中に魔物の死骸が積み上がれば、それは人も集まるだろう。

街の警備をしている兵士達や、冒険者ギルドの職員も出張り、大変な騒ぎになった。

ゼーヴィットもソーン・ジェレも、説明に追われることとなる。

二人が解放されたのは、深夜遅くになってからであった。


早朝、いつものようにギルドの前にやってきたリュアリエッタと二人の子分は、やけに慌ただしい様子に唖然《あぜん》としていた。

後ろにいる鳥の魔獣ルグミールも、どこか興味深そうな顔をしている。

ギルド職員達が走り回り、武装した冒険者達が集まっていた。

驚いたことに、街の警備兵の姿まである。

「おやぶん、なんかさわがしいですねぇ」

「なにか、あったんですかね？」

これだけ騒がしくしているのだから、何かあったのは間違いないだろう。

ただ、原因は分からない。

「夜中に何かあったのかしら？」

リュアリエッタ達は、そろって首を傾げる。

「まぁ、いいわ。どうせ今日はギルドに行かないといけない用事もないんだし。後で帰り道にでも寄りましょう」

最近のリュアリエッタ達は、集めた薬草を直接ゼーヴィットの薬店に卸していた。

一応毎日ギルドには顔を出しているのだが、何か変わったことはないか、割のいい依頼はないか、などを確認しに行く程度である。

なので、確認をするのはいつでも良かったし、別に毎日行く必要もなかった。

「なんか騒がしそうだし、今日は良いわ。さっさと薬草取りに行きましょう」

リュアリエッタがそう言うと、子分二人は「はーい」と返事をし、ルグミールも抑えた鳴き声を上げた。

騒がしそうだ、とリュアリエッタが思ったギルドは、実際大変な騒動になっていた。

ソーン・ジェレがかぼちゃの魔物と遭遇したのが森の中だった、というのが問題になっていたのだ。

「街の近くでなら、捨てられた野菜の種が魔物になることはある。だが、森の中でというのは、どうもおかしくないか？」

街の近くであれば、まだわかる。

捨てた野菜を獣が運んだりすることもあるだろうし、そこで魔物になることもあるだろう。

だが、森の中で遭遇した、というのはどういうことなのか。

それも、複数の野菜の魔物がまとまって動いていた、というのがいかにも不可解だ。

単なる偶然であり、今回限りの変事であればいい。

しかし、原因を確認できていない以上、また再び同じことがないとも限らない。

「小動物が巣穴に種を貯めこむことはある。そういうのが原因なら、それでいいんだが」

「ここで話し合っていても、埒《らち》が明かない。とにかく、このあたりに詳しい冒険者連中に依頼を出して、調べさせよう」

「魔物は街に向かっていた、という話だったからな。俺達警備兵は、街の周りを巡回しよう」

「住民には知らせるのか？」

「まだ何もわかっていないから、なんともなぁ。領主様は何と言ってるんだ」

「無用の混乱を招く恐れがあるから、知らせる必要はない。住民が外に出ていく時だけは、注意しろ。とのことだった、んだがなぁ」

「おいおい、どうやれってんだ。この街は別に塀で囲まれてる訳じゃないんだぞ」

「出入口が決まってる訳じゃないんだ。どうしろってんだよ」

「まぁ、これが取り越し苦労になればそれでいいんだ。とにかく、冒険者を集めろ」

冒険者ギルド、そして警備兵達は、思いがけぬ異変への対応のため、忙しく動き回り続けるのだった。


クロタマ達四人のパーティは、街外れで地図を囲んでいた。

今日の薬草採集場所の確認のためである。

「森の深い場所は指定されてないな」

「オイラ達、この辺は慣れてないもんねぇ」

「ってことは、楽勝ってこと？」

「そういう油断をすると足元をすくわれますよ」

そんなことを言い合っていると、唐突にクロタマが顔を上げた。

何かを見つけたらしく、「あれ」と指をさす。

他の三人は、それを追うように視線を向けた。


「昨日言ってたのって、あの子達じゃない？」


そこにいたのは、二人の少年と大型の鳥の魔獣を従えた少女。

ギルドに行くのを止めて薬草採集に向かった、リュアリエッタ達であった。

ロブは教会で、リュアリエッタの特徴についても聞き込んでいたのだ。

「男の子二人に、でかい鳥を連れてる女の子。まぁ、それっぽいな」

「なんか、変わった感じだよねぇ。気になるよねぇ？」

リュアリエッタの方を見ながら、クロタマは目を輝かせる。

冒険者に憧れて冒険者になったクロタマにとって、面白そうな冒険者との出会いは楽しみ以外の何物でもなかった。


「おーい！　そこの人達ー！」


三人の返事を待つ隙も無く、クロタマはリュアリエッタ達に声を掛けた。

クロタマが冒険者好きであることは皆知っているので、顔を見合わせて肩をすくめたり、苦笑する程度だ。

声を掛けられたリュアリエッタは、何事かと首を傾げている。

だが、こちらに来いと身振り手振りで伝えてくるクロタマに、不思議そうにしながらも近づいてきた。


「なにか、ありましたか？」

「こんにちは！　オイラはクロタマっていうんだ！　冒険者だよ！　君って、リュアリエッタっていう人だよね！」


クロタマは、自分達がゼーヴィットからの依頼を受けていることを伝えた。

そして、リュアリエッタがゼーヴィットの魔法の薬店に薬草を卸していることを知っていることも。

ロブが教会で情報を手に入れてきた、などと余計なことは言わなかった。

人間の冒険者として、クロタマも少しは世渡りを覚えてきたのである。

声を掛けられたリュアリエッタの方は、最初は困惑していた。

道端でいきなり声を掛けられたのだから、当然だろう。

だが、相手が冒険者登録証を見せてきたので、少しだけほっとした。

冒険者は、冒険者を騙したりしない。

冒険者にとって、他の冒険者とは仲間なのだ。

相手が不利になるような、あるいは陥れるような真似は、しないのである。

商売敵、競争相手、といった見方もあるにはあるし、秘密や余計な情報を言わないことはある。

だが、いつどんなきっかけで命を落とすかわからない冒険に常に身を置いているのが、冒険者なのだ。

だからこそ、冒険者同士は助け合わなければならない。

それができないものは、他の冒険者から見放され、ギルドからも除籍されることとなる。

新人冒険者は、ギルドや先輩冒険者から、そのことを徹底的に教えられるのだ。

無論、リュアリエッタも同じである。

「はい、私がリュアリエッタです」

「やっぱり！　あっ、これから、森に行くところ？」

「そうです。薬草を採りに行こうかと」

「じゃぁさぁ！　途中まで一緒に行こうよ！」

「いや、落ち着けクロタマ。ごめんな、こいつちょっと変わったやつで」


焦って止めたのは、ガルツである。

突然こんなことを言われても、困惑するだけだと思ったからだ。

ただ、リュアリエッタにとって、この提案は悪くなかった。

リュアリエッタは、クロタマ達をなかなかの腕だと判断していた。

歩き方や物腰、纏っている魔力から判断した訳ではない。

そこまでの能力は、今のリュアリエッタには無かった。

単純に、クロタマ達が良い装備をしているからだ。

良い装備を揃えるにはそれなりの金額が掛かり、それだけの金を稼げるのは腕のいい冒険者である。

そんな彼らが途中まででも一緒にいてくれるということは、つまるところ無料で護衛をしてくれるということだ。

戦いに自信のないリュアリエッタ達にとって、これほど有難いことはない。

「むしろ、こっちからお願いしたいぐらいです。私達、まだ強くないので」

リュアリエッタのこの返事に、クロタマは飛び上がって喜んだ。


森の中といっても、街から近い辺りはそれほど危険のない場所である。

下草も薄く、比較的歩きやすい。

クロタマ達四人と、リュアリエッタ達三人、それと、大型の鳥の魔獣が一羽。

これだけの数でも、特に問題なく歩くことができた。

皆、割と好き勝手なことをしている。

ロブは、リュアリエッタの子分二人に干し果物を与えていた。

パーティの誰も知らなかったが、ロブは普段から子供に与えるための食べ物を持ち歩いているらしい。

クロタマ達の方は、リュアリエッタの話を興味深そうに聞いていた。

「べつに、何かすごい考えがあって先生に協力してる訳じゃないですよ。その方が安定して稼げると思っただけで」

「いや、しっかりしてるよ」

「だねぇ。私達なんて、依頼料でご馳走食べることしか考えてないのに」

「それ、オイラ達じゃなくって、ミラーラだけだからね？」


そこで、ミラーラが「そういえば」と別の話を切り出した。


「昨日から兵隊さん達が走り回ってたんだけど。リュアリエッタちゃん、なにか知らない？」

「さぁ？　そういえば、今朝方ギルドに行ったら、妙に騒がしかったですけど。兵隊もいましたし」


クロタマ達が泊まっている宿は、街外れにあったため、昨晩の「かぼちゃの魔物騒ぎ」を知らなかったのだ。

ガルツは表情を曇らせる。


「何かあったのかな」

「さぁ？　聞いても教えてもらえないんじゃない？」

警備兵が出張《でば》っているということは、街の安全に関わる事態のはずである。

だとしたら、簡単に話せないこともあるだろう。

一介の冒険者が聞いたところで、教えてくれるはずもない。

「それに、街の中で起きたことだろうしねぇ。昨日今日街に来たばっかりの私達には、あんまり関係ないんじゃない？」

「まぁ、俺達はそうかもしれないが。リュアリエッタは、気にならないのか？」

「気にはなりますけど。何か大事なら、お触れとかが出るでしょうし」

リュアリエッタは、困ったような顔で答える。

正直なところ気にはなるのだが、だからといってできることもない。

何かよほどのことが起こったなら、領主やら警備兵の隊長やらから、なにがしかの通達が来るはずなのだ。

「それに、仕事もありますし。働かないと、食べ物も買えませんし」

「それもそっかぁ」

ミラーラは納得したように頷いた。

何しろ冒険者というのは、稼がなければ生きていけない商売なのだ。

まして、リュアリエッタという少女は、まだ若いし活動期間も短いはず。

貯えもないはずであり、その日の稼ぎが、その日食べるものに直結するはずなのだ。

実際のところはといえば、リュアリエッタはなかなかの額を蓄えているのだが。

「ええっと。私達は、このあたりで薬草を探そうと思います」

あれこれ話しながら歩いているうちに、薬草を探す予定の場所に到着したらしい。

リュアリエッタがそう言うと、全員が足を止めた。

「そっか。じゃあ、俺達はもう少し奥まで行く予定だから。この辺りはまだ街も近いし、危険は少ないと思うけど。気を付けて。って、リュアリエッタ達の方が詳しいか」

「このあたりには、良く来ますので」

ガルツの言葉に、リュアリエッタが笑いながら頷く。

いくら街の周囲に薬草が多いとはいえ、リュアリエッタ達が比較的安全に採集できる場所は限られている。

リュアリエッタ達は、この周辺には何度か来ているので、良く知っているのだ。

じゃあ、ここで別れよう。

ガルツがそう言おうとした、その時だった。


「これ、ちょっとやばいかも」


少し緊張したクロタマの言葉に、同じパーティの三人は素早く反応した。

ガルツは腰に下げていた武器を手にし、ミラーラは杖を持つ手に力を籠め、ロブは魔法の道具を吊ったマントに手をかける。


「どっちだ」

「多分、あっち。気を付けて、一つじゃないよ。十以上かも」


クロタマが指さした方向に合わせて、パーティは立ち位置を変えていく。

リュアリエッタと子分達を守るような動きだ。

鳥の魔獣であるルグミールも、いつの間にかリュアリエッタの横についている。

「クロタマは魔獣やら魔物の気配に聡《さと》くってな。こいつがヤバいって言うからには、何かあるんだよ」

ガルツの端的な説明に、リュアリエッタは息を飲む。
隊商が襲われた時のことが頭をよぎり、身がすくみかける。
しかし、リュアリエッタは子分達の方にちらりと目をやり、心の中で自分を叱咤《しった》した。
子分二人の命を預かって、冒険者をしているのだ。
怯えている暇はない。
背負っていた弓を手に持ち、矢を一本引き抜く。

「二人とも、ルグミールにくっついてなさい」

子分達に向かってリュアリエッタが言うと、意を察したのだろう。
ルグミールは、ロブの後ろにいる子分二人の方へと近づいていった。
それを横目で確認しつつ、ガルツはクロタマに顔を向ける。

「クロタマ、相手が何かわかるか?」
「まだちょっと離れてるからはっきりは分からないんだけど、たぶん魔物化した植物だと思う。でも、なんだこれ。前に嗅いだことある臭いなんだよねぇ」
ルグミールも、何かを感じ取ったらしく、しきりに首を巡らせ始めた。
魔獣であるルグミールより、クロタマの方が先に異変を察知したことになる。
リュアリエッタはそのことに驚いたが、そういう冒険者は少なくない。
それだけ優れた感知能力を持っているのだろう、と納得する。
クロタマは耳を澄ませ、目を凝らし、周囲の臭いを嗅ぐような仕草を繰り返す。
そして、「あっ」と目を見開いた。

「近づいてきたから、やっとわかった。これ、かぼちゃの魔物の臭いだ」

クロタマ達は以前、かぼちゃの魔物と戦ったことがあった。
その時の臭いを、覚えていたのだ。
ほどなく、開けた木々の間から、黄色の巨大なものが歩いてくるのが見えてきた。
口のような裂け目のできた黄色い実を揺すりながら、這うように動くツタや根で歩く。
巨大なかぼちゃの魔物であった。
クロタマ、ガルツ、ミラーラは、露骨に顔をしかめる。
あまり良い思い出のない相手なのだ。

しかも、一体だけではない。

揺れながら近づいてくる黄色い実は、ざっと見ただけでも五つはあった。

「見えてる以外にもいるっぽいよ。でも、なんかおかしいなぁ。ねぇ、こういう魔物って、動いてるものを狙うんだよね⁉」

魔物化した野菜は、動物などを襲うようになる。

一応理由があるらしいのだが、一介の冒険者にとってはどうでもいいことだ。

問題は、襲われるのが大抵自分達だ、というところだった。

ロブが思い出すように視線を上にあげ、頷く。

「そのはずですが」

「だったらちょっとおかしいかも。かぼちゃは十個以上いるはずなのに、近づいてくるのはアレだけだよ」

ロブはマントの裏から金属でできた人形のようなものを二つ取り出すと、地面に置いた。

見る見るうちに土が盛り上がり、金属の人形を包み込むように犬の形へと変化する。

ロブが魔法で作った、犬型の土ゴーレムだ。

ゴーレムは素早く動き始めると、左右に分かれて森の中に入っていく。

このゴーレムが見たものは、ロブも見ることができた。

体が土でできているため、逃げ隠れもしやすい。

「見つけました。確かに、他の魔物は私達を無視して動いています。全部が同じ方向に向かっているようですね」

言うや、ロブは後ろを振り向いた。

自分達が見られたのかと思ったリュアリエッタの子分達は身を固くするが、すぐに視線がもっと先にあることに気が付く。

「恐らく、街です。かぼちゃの魔物は、街に向かっています」

それを聞いたガルツの顔色が、さっと青くなる。

「リュアリエッタ！　その鳥の魔獣に乗って、街まで走れるか⁉　子分二人も連れてだ！」

一瞬、なぜそんなことを聞かれるのかと思ったリュアリエッタだったが、すぐにその意図に気が付いた。

「三人は無理です！　私以外の二人を乗せてなら、走れます！」


ガルツはロブの方へ視線を向けた。

ロブは分かったというように頷くと、駆け戻ってきた犬型の土ゴーレムから人形を回収。

新たな金属の人形をマントから取り出すと、地面に置いた。

置かれた人形は、二つ。

ロブが何事かを呟くと、人形は爆発するように膨れ上がった。

現れたのは、長大な斧槍を携えた全身鎧の戦士。

戦士型の鉄ゴーレムであった。


「リュアリエッタさんのことは、私が」

ロブの言葉に、ガルツは大きく頷いた。

「すまん！　二人は魔獣に乗って、街に戻ってくれ！　野菜の魔物が街へ向かってることを伝えるんだ！　あいつら、街を襲うつもりだぞ！」

子分二人の顔が、強張《こわば》る。

「普通に逃げても、どうせ追いつかれる。俺達は戦いながら少しずつ逃げるから、街のギルドに魔物のことを知らせに行ってくれ！」

「それから、オイラ達がやられちゃう前に、たすけも呼んできてねぇー」

「は、はい！」

「わかり、ました！」


有無を言わさぬガルツの声と、クロタマの何でもないような言葉。

この二つに、リュアリエッタの子分達は緊張した様子で返した。

すぐに、ロブのゴーレムに手伝われ、ルグミールの背中に乗る。

「ルグミール、街までお願いね！」

リュアリエッタに言われ、ルグミールは一鳴き返事をすると、すぐさま走り出した。

街に向かって走って行くのを見送ると、ガルツはリュアリエッタに苦笑して見せる。

「あの二人は上手く逃がせたけど。すまないな、付き合わせて」

「いえ、私も、今は冒険者ですから」

街に知らせる、というのは、正直なところ子分二人を逃がすための口実だったのだ。

もちろん、リュアリエッタもその辺りのことは心得ている。

野菜の魔物は、足がそれほど速くない。

足も速く頭も良いルグミールなら、間違いなく逃げ切れるだろう。

「走って逃げても、本気になった魔物に背中から魔法を撃たれる。それなら、どっしり構えて迎え撃って、少しずつ下がる方がいくらかましだからな。クロタマ、逃げる方向の確認頼む！」

「任せてー！」

クロタマは感知能力が高いので、進む方向を見極める役目がある。

「ミラーラ、ロブ司祭！　派手に頼むぞ！」

魔法使いである二人の攻撃力は、魔物相手には非常に重要だ。

ロブが「はい」と返事をすると同時に、甲高い音が鳴り響く。

見れば、ミラーラの手から閃光が放たれ、近づいて来ていたかぼちゃの魔物に突き刺さった。

かぼちゃの魔物の動きが止まり、数秒置いて、実の部分が轟音を上げて爆《は》ぜた。

実を失ったかぼちゃの魔物は、そのまま崩れ落ちる。

かぼちゃの魔物の本体は実の部分であり、そこを潰せば動きは止まる。

もっとも、そこが最も頑丈で、狙いにくいのだが。

あまりの音にリュアリエッタが短い悲鳴を上げ、クロタマ達はミラーラを睨む。


「ずっと呪文唱えてたのよ」


話している間にも、準備をしていたらしい。

頼もしいのか、ちゃっかりしているのか。

ガルツとしては文句の一つも言いたいところだったが、今はそんな場合ではない。


「戦うのは安全に逃げるためだ！　深追いするなよ！」

そう叫ぶと、ガルツは手にした武器で盾を叩いた。

戦いが始まる、合図である。

🐾 🐾 🐾

ゼーヴィットとソーン・ジェレは、街外れに来ていた。

かぼちゃの魔物の死骸を、運んできたのだ。

何しろソーン・ジェレが魔物を積み上げたのは魔法の薬店の前、公共の道である。

そんな場所にそんなものを積み上げておいて良い訳もなく、こうして邪魔にならない場所に運んできたのだ。

二人だけでは時間もかかるので、ギルド職員数名も手伝ってくれたのは幸いだった。

ゼーヴィットは荷車を引きながら、ギルド職員に苦笑を向ける。

「すみませんねぇ、ご迷惑かけちゃって」

「まぁ、これを見たおかげで警戒できたところもありますからねぇ」

街に巨大なかぼちゃの魔物が積みあがったからこそ、ギルドや街の警備兵達は何か危険なことが起こっているのでは、と判断したのだ。

もし言葉だけでの報告であれば、あるいは見間違いなどで済ませていた恐れもある。

「まだ確認もできていませんし、被害も出ていませんが。こんなものが街中にでも現れたら、事ですからね」


かぼちゃの魔物は、野菜の魔物の中でも危険な種類とされている。

何しろ、元が野菜であるくせに、火の魔法を使うのだ。

街中で暴れれば、火事になる恐れがある。


「しかし、こんなものが九体もなぁ。何があったんだか」

「あぁー。確かにおかしいですよねぇ。実の大きさまで大体同じだし。多分同じように作られたんだと思いますけど、よっぽど几帳面な人だったのかなぁ」

「大きさが同じ？」


ぼやくようなゼーヴィットの言葉に、ギルドの職員が怪訝な顔を作る。


「私は野菜の魔物には詳しくないのですが、薬師殿は詳しいんですか？」

「詳しい、というほどではないんですけどね。こういったものを調べている知人もいまして。まぁ、そもそも植物で野菜ですから。全部が全部同じ大きさになるって、不自然じゃありません？」

野菜というのは不揃いであるのが当たり前で、同じ形にぴったりと揃えて作る、というのは難しい。

ギルド職員は慌てた様子で、かぼちゃの大きさを調べ始めた。

荷車に乗っているかぼちゃの身の大きさを、腰に括《くく》り付けていたロープで比べていく。

「本当に大体同じ大きさだ」

「その研究をしてた知人も苦労してましたよ。野菜の魔物の発生について調べたんですけどね。自分で野菜を育てて、魔物化させてたんです。ただ、条件を揃えないと正確な情報が分からないからって、そりゃぁ、頑張ってて。このかぼちゃはあれなんですかね。よっぽど優秀な農家さんが作ったのかなぁ」

「どういうことです？」

「野菜の魔物の大きさって、元の野菜の大きさに比例するんですよ。だから、この魔物の元になった野菜は、皆大体同じ大きさだったわけで。いやぁ、農家さん、相当苦労されたんじゃないかなぁ」

これは、よほど魔物に詳しい者でも、今はまだ知らない情報であった。

なにしろ、研究者であるゼーヴィットの同僚が、魔法学校で研究中だったのである。

話を聞いたギルド職員の顔が、目に見えて引き攣った。

「いや、待ってくれ。ソーン・ジェレ殿はこれを、森の中で見つけて、まっすぐ街に向かっていたと言ってたんですよ」

ここで、ゼーヴィットは「おや?」と首を傾げた。

話に違和感を覚えたのだ。

「森のあちらの方角に、畑なんてありません。魔物が出るところですから、そんなもの作れるはずないんです」

「え? じゃあ、動物がたまたま種を持って行って、それが発芽したとか?」

「ギルドとしてはそのあたりで考えていました、が。その条件でこれだけそろった大きさの野菜が育つ確率はどのぐらいですかね」

人が手をかけて育てたとしても、大きさを揃えるなど至難の業《わざ》だ。

それが自然に同じ大きさに育つなど、確率的に高いものではないだろう。

まして、それが九つもとなれば、もはや天文学的な確率のはずだ。

「え？　たまたま全部同じ大きさに育つ、不思議なかぼちゃだった。ってこと？」

「見たことも聞いたこともありませんよ、そんなかぼちゃ」

もしそんなかぼちゃが存在するなら、とてつもない農業革命になるだろう。

ゼーヴィットの頭に、実に嫌な想像が浮かぶ。

「じゃあ、コレ、人為的に作られた魔物ってこと？　いや、だってそんなことある訳ない、と言いかけて、ゼーヴィットは口をつぐんだ。

今しがた、そういうことをしていた知人がいた、と言ったばかりである。

「ギルドと領主様側としては、偶発的な発生として警戒警備にあたっています。人為的なものである可能性は、考慮に入れていません」

危機感が薄い、とも言えないだろう。

よほど大きく重要な都市ならば警戒してかかるかもしれないが、ごく普通の街で、人が魔物を作っているかもしれない、という所まで気にしろというのは、いささか酷な話である。

　ましてそんなことが可能だ、と知られていない状態でなら、なおさら。

「いや、でもそんな、まさか。ギルドとかが動いてますけど、魔物の警戒っていうより、どこで発生したか調べてる感じなんでしょ？　もう一回魔物が出てきたっていうならともかく」

「せんせぇー‼」

「せんせいー‼」

　ゼーヴィットが苦笑交じりにそう言った時だった。

　森の方から、子供の声が聞こえてくる。

　何かしらの獣の足音も、混じっていた。

　ギルド職員とゼーヴィットは、慌ててそちらを振り向く。

　そこにいたのは、ルグミールの背に乗った、リュアリエッタの子分二人であった。

　ルグミールがゼーヴィットのところへやってくると、子分二人は転げ落ちるように地面に降りる。

「オヤブンたちが！　かぼちゃ！」

「まものがでたんですよ、まものが！」

慌てているのか、話が要領を得ない。

何とか落ち着かせながら、素早く話を聞き取る。

元教師であったゼーヴィットは、こういったことが得意だった。

「つまり、かぼちゃの魔物が出て、リュアリエッタとガルツさんのパーティが戦っている、と」

「そうです！　はやく！　たすけにいかないと！」

「いそいで！　いそいで！」


急かす二人を他所に、ゼーヴィットは大きく深呼吸をする。

今は薬師をしているが、元は魔法学校の教師であった。

戦う術はあるし、こういう時の判断力も多少はある。

ギルド職員を見れば、混乱した様子であった。

「そんな、ソーン・ジェレ殿が魔物を見たのは、別の方向のはずじゃ」

ソーン・ジェレが、魔物と戦ったと報告した地点は、子分二人が来たのとはまるで違う方向であった。

いよいよ、魔物の発生が人為的なものである可能性が出てきた、ということだ。

問題は問題だが、ゼーヴィットはそれを考える立場でもないし、時間もない。

「職員さん、この二人を連れて、ギルドへの報告お願いします。目撃者がいた方がいいでしょう」

「わかりました！　二人とも、すぐに行きましょう！　こっちです！」

我に返ったギルド職員が、慌てて走り出す。

その後ろを、リュアリエッタの子分二人が追う。

ルグミールはといえば、その場に残り、じっとゼーヴィットのことを見ていた。

「道案内、お願いできるかい？」

ゼーヴィットの問いに、ルグミールは当然だと言うように一声鳴いた。

任せろ、とでも言いたいのだろう。

次いで、ゼーヴィットはソーン・ジェレの方を向く。

「ソーン・ジェレ殿。話は聞いての通りです。申し訳ないが、お力添えを頂けませんか」

ずっと黙って話を聞いていたソーン・ジェレは、ゼーヴィットへと顔を向けた。

その表情は理知的に見える。

すべて承知している、と言っているような顔であるが、この時のソーン・ジェレは状況がよくわかっていなかった。

ゼーヴィットとギルド職員がかぼちゃの魔物について話し始めたあたりから、話が難しくなってきて半分寝かけていたからである。

それでも、ソーン・ジェレは即答で「わかった」と答えた。

助力を乞われたなら、必ずでき得る限りの手助けをする。

それが、ソーン・ジェレの生き方であった。

ゼーヴィットは大きく頷くと、ルグミールに顔を向ける。


「それじゃあ、案内を頼むよ」

走り出すかと思われたルグミールだったが、ゼーヴィットの前でうずくまった。

長い首を巡らせ、自分の背中とゼーヴィットを交互に見る。

どうやら、背中に乗れと言っているらしい。

迷っている時間はない。

ゼーヴィットは急いで、ルグミールの背中にまたがった。

「ソーン・ジェレ殿は？」

「エルフは森の中を走るのが速い」

ルグミールが走り出すと、ソーン・ジェレはそれに全く遅れず並走する。

冗談のようなその脚力に、ゼーヴィットは唖然とすることになった。


人型の鉄ゴーレムが、互いの斧槍を打ち合わせる。

金属音が響くと同時に、光の円陣が浮かび上がった。

ロブの唱える呪文に呼応するように回転を始めたそれを、鉄ゴーレムが斧槍で地面へと押し落とす。

瞬間、地面から円錐状になった土の塊がいくつも飛び出した。

その塊は羽もないのに鳥のように自由に空中を泳ぎながら、高速でかぼちゃの魔物へ飛来する。

飛び交う土の円錐に襲われたかぼちゃは、瞬く間に引き裂かれていく。

かぼちゃの魔物が動かなくなると、土の円錐の群れは、また別のかぼちゃへと襲い掛かった。

それを破壊しつくすと、また次へ。

都合四体のかぼちゃの魔物を打ち倒すと、土の円錐は勢いを失い、空中で崩れてただの土くれに戻った。

「なにあれ！　なにあれ！　今度教えて！」

「儀式魔法の類です。ミラーラには無理だと思いますよ。本来は複数人で発動させるものを、ゴーレムを使って無理矢理動かしていますので」

ミラーラは興奮した様子で「おしえてよー！」と言うが、ロブはけんもほろろである。

先ほどの魔法は扱うためにはかなり繊細かつ複雑な制御が必要で、難しい種類の魔法であった。

おおざっぱで勉強嫌いのミラーラでは、たとえ教えても覚え切れないだろう。

ぎゃぁぎゃぁと騒ぐミラーラを無視して、ロブはリュアリエッタの方を向く。

「矢はまだ残っていますか？」

ロブに声を掛けられ、リュアリエッタはびくりと体を跳ね上げた。

先ほどの魔法に見とれて呆然としていたのだが、声を掛けられて我に返ったのだ。

「はいっ！　あと八本、残ってます！」

「わかりました、矢の消費には気を付けてください。もう一度、目印付けをお願いすることもあると思いますので」


さきほどロブが使った魔法は、目印を付けた目標を攻撃する、というものであった。

その目印の役目を、実はリュアリエッタの矢が担っていたのだ。

ロブの指示で事前に矢を打ち込み、それを目印に魔法を発動させたのである。

リュアリエッタの弓矢は、巨大なかぼちゃの魔物を大きく害せるほどの威力はない。

血も出ず、筋肉や筋がある訳でもないので、矢が刺さったとしても多少動きが阻害される程度であり、動物ほど致命的な怪我や傷になり難い。

だが、魔法を発動させる目印にするには十分だった。

魔獣や魔物相手には威力不足になりがちな弓矢だが、使い方は工夫次第でいくらでもあるのだ。

「よし、数が減った今だ！　下がるぞ！　クロタマ、先導してくれ！」

「まかせてー！」


ガルツの言葉に、クロタマは手近な木に駆け登った。

それから、素早く周囲を見回す。

特に目印もない森の中、それも初めて来る場所。

まして、魔物相手の戦いの最中となれば、自分達の位置や方向を見失って当たり前だ。

だからこそ、優秀な偵察役が必要になる。

その点、クロタマは優秀だ。

なにしろ「森に住む猫」である。

その感知能力は人間の比ではなく、本猫の特性もあって、まず位置や方向を見失うことはない。


「街はあっちだよ！　でも気を付けて！　オイラ達のことを追い抜いていった魔物もいるみたい！」

「ホントに⁉　見間違いじゃない⁉」

「オイラだって見間違いだったほうがいいよ！」

うんざりしたようなミラーラの声に、クロタマが悲鳴のような声を上げる。

最初のかぼちゃの魔物と出くわしてから、それなりの時間が経過していた。

倒した数は、十は超えているだろう。

だが、かぼちゃの魔物の数はいまだに減る様子が無く、木々の間を縫って、次から次へと現れる。

奇妙なのは、かぼちゃの魔物の動きである。

本来、かぼちゃの魔物は凶暴であり、大型の動物を見るやいなや襲い掛かってくるはずなのだ。

それが、こちらを見つけられるだろう距離まで近付いたにもかかわらず、街の方向へ向かって歩いている。

一定の距離以上近づけば襲ってくるのだが、本来のかぼちゃの魔物の動きからすれば、あまりに不自然すぎた。

「ってことは、街の方に逃げるためにはかぼちゃを追い抜かなきゃいけないってことかよ。どうなってんだ」

森の中は平坦ではないし、障害物も多い。

それを避けていたら、かぼちゃの魔物に追いついてしまった、なんてことにもなりかねない。

そうなれば、襲ってくる恐れもある。


「逃げようとしている相手の背中に追いついて襲われる、なんて笑えもしないが、この場合どうしようもないな。クロタマ！　なるべく鉢合わせしないように誘導してくれ！」

「全部をさけるのは無理だよー⁉」

「こんな魔物の群れのど真ん中で立ち往生するよりましなはずだ！　なるべく素早く倒して突っ切れば、何とかなるだろ！　皆、そのつもりで行くぞ！」


クロタマは木の枝から枝へ飛び移りながら、なるべく安全な方向へ誘導する。

身振り手振りだけではなく、「こっちー！」というような声も出していた。

本来なら相手に気が付かれてしまうかもしれない危険な行為なのだが、かぼちゃの魔物は大きな物音などにもあまり反応しないのだ。

実際、大きな音のする魔法にも、ほとんど反応していない。

凶暴で大型の動物を好んで襲うはずの魔物とは、思えない行動だ。

小走りで移動しながら、ミラーラは釈然としない様子で首をかしげる。

「かぼちゃの魔物ってさぁ。めちゃくちゃ人間襲うはずだよねぇ」

「そのはずなんだけどな。どう見ても、それより街へ行くのを優先してるぞ」

「何か目的があるか、誘導されているか。でしょうか」

「怖いこと言わないでよぉ！」

「いや、いやいやいや。まさか。これって、あの墓地でのアレと関係してるんじゃないか？」


以前、クロタマ達は野菜の魔物と戦ったことがあった。

それはただの魔物ではなく、兵器として人為的に作られたものだったらしいのだ。

この時のことは、一応ギルドにも説明してあった。

半信半疑で対応されたのだが、まぁ、当然だろう。

好き好んで魔物を作る者がいるとは、普通は思わない。

ましてそれが農村の墓地でとなれば、なおさらだ。

正直、現場にいたクロタマ達だって、半信半疑である。

「どうだろう！　そうかも！　でも今それどころじゃなくない⁉」

「そりゃそうだ！」

なんとか魔物を避けながら走り続ける。

だが、木や岩、地面の凹凸で歩ける道が限られてくると、かぼちゃの魔物との距離が徐々に近くなってきた。

巨体をツタや根で引きずるかぼちゃの魔物の移動速度は、それほど速くない。

「やばいよ！　このままだと前のかぼちゃに追いついちゃう！」

ガルツ達にも、そのかぼちゃの姿が見えた。

本当なら迂回《うかい》したいが、足場の良さそうな場所は少ない。

何より、後ろからは、別のかぼちゃが迫っていた。

「仕方ない！　一気に倒して突っ切るぞ！」

ガルツが盾を構え、速度を上げようとした時である。

かぼちゃの魔物の体の一部が切り裂かれ、宙を舞った。

見れば、光でできた円盤状の何かが、かぼちゃの魔物の周りを縦横無尽に飛び交っているではないか。

「なにあれなにあれ！」

「魔法です！」

興奮するミラーラに、ロブが短く答える。

そうしている間にも、かぼちゃの魔物はすさまじい速さで切り刻まれていく。

野菜の魔物はツタや根を切っても次から次に再生し、非常に厄介なのだが、光の円盤はそれを上回る速さで、かぼちゃの魔物を切り刻む。

そして、ついには実の部分を真っ二つにしてしまった。

「おーい！　無事かぁーい！」

崩れ落ちたかぼちゃの魔物を踏み越えて現れたのは、ルグミールの背に乗ったゼーヴィットと、その横を並走するソーン・ジェレであった。

「薬師殿！　エルフ殿も！」

クロタマ、ガルツ、ミラーラが顔を輝かせ、ロブとリュアリエッタはほっと溜息を吐く。

ゼーヴィットは転げるようにしてルグミールの背から降りると、ガルツ達の方へと駆け寄った。

「なんでこんな、かぼちゃばっかり⁉　どーなってるの⁉」

「こっちが聞きたいですよ！　とにかく、援軍ってことでいいんですよね？」

「一応ね。まぁ、おじさんこれでも、魔法使いの端くれだから」


言いながら、ゼーヴィットは白衣から一本の薬瓶を取り出した。

樹皮栓を引き抜いて捨てると、瓶を逆さにする。

中の液体はそのまま地面へ落ちる、と思いきや、霧のようなものへ変化していった。

見れば、薬瓶に空いた手をかざしたゼーヴィットが、何かの呪文を唱えている。

霧に変化した薬は、その呪文に呼応するように形を変え、円盤のようなものを形作っていった。


「援護ぐらいはできるはずだよ、っと」


ゼーヴィットが手を振るうと、光の円盤は後ろから迫っていたかぼちゃの魔物へと一直線に飛んでいく。

そして、先ほど同じように、あっという間に倒してしまった。

木の上でそれを見ていたクロタマは、興奮した様子で手を叩く。

「うわぁー！　面白い魔法ー！」

「さっきの、エルフさんの魔法じゃなかったんだ」

意外そうな声で言うミラーラに、ソーン・ジェレは首を振る。

「私は魔法が使えない。全然」

「ぜ、全然？　一つもってこと？」

「一つも」

意外そうな顔で固まるミラーラを他所に、ソーン・ジェレは後方へと目を移す。

同時に、木の上のクロタマが声を上げた。

「もう一体！　後ろからくるよ！」

それを聞くか聞かないかのうちに、ソーン・ジェレは駆け出していた。

まるで障害がないかのように木々の間を走り抜けながら、背負った車軸を手に持ち替える。

手近な木の幹に足をかけると、足場にして飛び上がった。

木の幹を蹴り、次の幹をさらに蹴り、一気にかぼちゃの魔物に近づく。

それに反応したかぼちゃの魔物がツルを伸ばすが、反応が遅かった。

大上段から振り抜かれた車軸が、かぼちゃの身を打ち砕いたのである。

「おいおいおいおい！　どうなってんだ今の！　あの実、半端じゃなく硬いんだぞ！」

直接武器を叩きつけたことがあるガルツが、非難めいた声を上げる。

かぼちゃの魔物の実は、大きさに見合った頑丈さを持ち合わせているのだ。

剣や槍を使っても、簡単には傷つけられない。

「見た⁉　見た、いまの！　すっごかったよねぇ！　こん棒！　こん棒でばーんて！」

クロタマは木の上で飛び跳ねて喜んでいるが、ミラーラやリュアリエッタは唖然としていた。

「ほんとに魔法じゃなくてこん棒で戦うんだ」

「なんなのよあれ。エルフってああなの？」

「今は気にするな！　味方ならこれ以上ないぐらい頼もしいんだ！　とにかく街だ！　街の方に逃げるぞ！」

ガルツの言葉に合わせ、全員が街に向けて動き始める。

頼もしい仲間の到着により、移動速度はそれまで以上に早くなった。

とはいえ、何とか街まで戻ったところで、待っていたのはおおよそ予想していた通りの光景である。

街と外を区切る、簡単な柵。

その気になれば簡単に跨げるようなその境界の近くで、兵士や冒険者達が、かぼちゃの魔物相手に戦っていたのだ。

「まぁ、そりゃそうだよねぇ。街に向かってたもんねぇ」

げんなりした様子で言うミラーラの言葉は、クロタマ達の気持ちの代弁でもある。

「どうする？　これ」

どうせ答えは決まっているだろう、というようなクロタマの質問に、ガルツはしかめっ面で頭をかいた。


「さすがにほっとけないだろ。俺達パーティは手伝うぞ」

「えぇー！　まぁ、しょうがないかぁー」

「ギルドからお金出るかなぁー」

「そんなことを言っている場合ではないでしょう」


クロタマもミラーラも文句こそ言いながらだが、しっかりと武器や防具を手にしている。


「エルフ殿はどうします？」

「手伝おう」


ガルツに聞かれ、ソーン・ジェレは真面目そうな顔で頷いた。

なんだかよくわからないが、皆カボチャに襲われて困っているらしい。

それなら、手伝わない理由はなかった。


「私も、手伝います。もちろん、先生も」

「へ？」

手を上げて言うリュアリエッタに、ゼーヴィットは間抜けな声を出す。

「こういう時にギルドに恩を売っておくのよ。絶好の機会じゃない。それに、こういう時こそ傷薬が必要でしょ。売り込む絶好の機会よ」

「そういう、もの、なのかなぁ？」

「とにかく、手伝います！」

困惑するゼーヴィットを他所に、リュアリエッタはやる気十分だ。

「じゃあ、疲れてるだろうが。もうひと暴れするか」

「おー！」

「がんばろー！」

せっかく街に戻った七人だったが、かぼちゃの魔物退治はまだまだ続くようであった。

結局、街に向かってきたかぼちゃの魔物の数は、五十を越えるものとなった。

実際にはもっと多かったのだろうが、なんせ街が魔物に襲撃されるという異常事態の最中である。

きちんと確認が取れただけでそれだけいた、ということであり、実際には七十から百近くの数がいただろう。


「で、なんでオイラ達こんなところにいるの」

「かぼちゃの魔物と戦ったからだろ」


クロタマ達がいささか不満そうな顔で首をかしげる。

それに答えるのは、憮然《ぶぜん》とした表情のガルツだ。

クロタマ達のパーティは、街のギルドの会議室にいた。

会議室といっても、様々な用途で使われる単なる大部屋だ。

最初のかぼちゃの魔物の襲撃があってから、五日が過ぎていた。

あれから数日、かぼちゃの魔物による襲撃は続いたものの、今は収まっている。

そこで改めて事情を聴こうと、クロタマ達が呼び出されたのだ。

「だから、リュアリエッタも、ソーン・ジェレも呼び出されてるのかぁ」

ソーン・ジェレは、最初にかぼちゃの魔物と遭遇した冒険者である。

一応既に聴取は受けているのだが、その時から状況が変わったので、もう一度呼び出されたのだ。

リュアリエッタも、クロタマ達と一緒にいたことで呼び出されている。

「ねぇ、コブンの子達は？」

「先生の店よ。店番してるわ」

クロタマに聞かれ、リュアリエッタは肩をすくめて答える。

ここ数日ずっと一緒に戦っていたので、すっかり打ち解けていた。

「へぇ。あの子達、読み書き計算できるんだ」

ミラーラが感心したような声を上げる。

読み書き計算ができるというのは、教育を受けているということだ。

ちなみに、ガルツとミラーラは、文字もうろ覚えなら計算も苦手だった。

出身の村では、そういったものを教えてくれる人も場所もなかったからだ。

冒険者になって自分で稼ぐようになってから、少しずつ身に付けているところである。

ちなみに、クロタマは冒険者になると決めた時から、知り合いの老猫から教授を受けていた。

なので、クロタマ、ガルツ、ミラーラの三人のうち、一番読み書き計算が達者なのは、実はクロタマだったりする。


「いいえ、できないわよ？」

「え？　じゃあ、どうやって店番を？」

「あの店には、従業員がいるもの。あの子達は、読み書き計算ができるのよ」


その答えに、ミラーラは首をかしげる。


「でもあの子達って、孤児なんでしょ？」

「先生が教えてるのよ」


さも当然というように、リュアリエッタは返した。

クロタマ達パーティ全員が、驚きの顔でゼーヴィットを見る。

ゼーヴィットは困ったように笑いながら、頭をかいた。

「まあ、ちょっと早いかなぁ、とは思うけど。身に付けて損になるものでもないでしょ？　ほら、うちを辞めたとしても役に立つものだし」

ゼーヴィットとしては、彼らに勉強を教えるのはまだ少し早いと思っていた。

孤児達は体格も小さいため、小さな子供に見えたのである。

だが、実際は栄養状態が悪かったために体が小さいだけで、十分学習に耐える年齢だった。

もちろん、ロブはそのことをしっかり見抜いている。

「知識は、奪われることのない財産です。それを分け与えることは、素晴らしい美徳と言えるでしょう」

「え？　え、なに？」

自分に対して祈ってみせるロブに、ゼーヴィットはすさまじい居心地の悪さを感じた。

ロブにとってゼーヴィットの魔法の薬店の在り方は、一つの理想の形であった。

この祈りは聖職者としての祈りというより、ロブ自身の敬意の表れである。

「ねぇねぇ、何食べてるの？」

そんな騒ぎから離れたところで座って何か食べているソーン・ジェレに、クロタマがちょこちょこと近づいていく。


「木の実だ。名前は知らん」

「へぇー。あっ、それポムポラの実じゃない。へぇー、この辺にもあるんだぁ」

「私が生まれた村の周りには、なかった。美味い」

「だよねぇ。オイラもそれ、好きだよ」

「クロタマ、一つ聞きたい」

「なに？」


ニコニコと笑いながら訪ねるクロタマに向き直ったソーン・ジェレは、じっと目を覗き込むようにしながら訪ねる。

「なぜ森に住む」

続く言葉は、「猫のお前が、人間の格好をしているんだ」であった。

だが、それは素早く動いたクロタマの手によって、抑え込まれる。

だらだらと冷や汗をかきながら、クロタマはじっとソーン・ジェレの目を覗き込んだ。

「そうだよ、オイラは森に住む猫なんだ。でもね、冒険者になりたくってさ。だから、このことは黙っててっ！　おねがい！」

クロタマは、内緒話ができる猫の魔法を使い、早口で伝える。

周りには全く気が付かれずに話ができるこの魔法は、まさにこういう時にぴったりのものだ。

冷や汗をかきながら、クロタマは以前、知り合いの老猫から言われたことを思い出す。

「森の人、エルフというんじゃがな。彼らは魔法を見抜く力に優れておる。あまり人里には降りてこんのじゃが、出会えば猫であるとバレるかもしれん。まぁ、彼らは基本的に善良じゃからな。頼めば正体を見抜かれたとて、黙っていてくれるじゃろう」

森の外のことに詳しく、人間観察を趣味としていた老猫は、そんな風に言っていた。

口を封じられた方のソーン・ジェレは、いささか混乱している。

どうやらクロタマが「森に住む猫」であることを隠しているらしいことはわかったのだが、その理由がわからない。

そもそもソーン・ジェレには、「猫は冒険者になれない」という考え方が無かった。

冒険者は大体人間だが、エルフだっている。

なら猫の冒険者だっていてもいいだろう、と思っているのだ。

とはいえ、なんだかわからなくとも、クロタマは自分が「森に住む猫」であることを黙っていてほしいらしい。

ならば、黙っているのが良いことである。


「わふぁっふぁ」


口を押えられているため上手くしゃべれないソーン・ジェレは、なんだか間抜けな声で請け負った。

それを聞いたクロタマは、ほっと気の抜けた溜息を吐く。

ほっとしたところで、クロタマは自分が少々突飛な行動をしてしまったことに気が付いた。

注目を集める前に、何とかごまかしたい。

そこで、ぱっといい方法をひらめいた。

「そうだ！　オイラ達さ、まだみんなが集まってるところで、自己紹介してなかったじゃない！」


個々に名乗ってはいたが、確かに全員がいる場所ではまだだった。

パーティ以外の人間と仕事をする時、冒険者は必ず名乗りあう。

自分が何者で何ができるのか、きちんと確認するためだ。

言ってみれば、冒険者にとって重要な儀礼のようなものである。


「オイラはクロタマ！　ちょっとした魔法が使える、偵察役だよ！」


クロタマの行動が面白いと思ったのか、皆それぞれに笑顔を作る。

ゼーヴィットは小首を傾げたが、彼は薬師なので、仕方ないだろう。


「ガルツ。盾とこん棒を使う、重戦士だ」

「魔法使いのミラーラ！　難しいのは苦手だけど、単純な魔法なら威力も手数も任せて」

「神父、ロブといいます。土や金属のゴーレムを使う、魔法使いです」

「ソーン・ジェレ。こん棒使い」

「リュアリエッタ。生まれは旅商人だけど、今は弓を使う冒険者よ」

「え？　えーっと。ゼーヴィット。薬師をしていま、す？」

締まらないゼーヴィットの名乗りに、皆が笑い声をあげる。

後に「七英雄」と呼ばれることになる七人が、この場所に集まっていた。

アマラ
東京の秘境、多摩川流域に住む猫に似た生物。性格は比較的獰猛で、肉と麺類を好む。住処から離れることを極端に嫌うが、まれに自転車などで移動することもある。ただ、おいしいものには目がなく、何か食べたくなると電車などを利用して遠くへも出かける。普段は釣りをしたり、狩りをしたり、ゲームをしたりして生活している。あとたまに小説を書く。

イラスト 大熊まい

猫と竜　異聞　七英雄の旅立ち
（ねことりゅう　いぶん　しちえいゆうのたびだち）

2025年4月26日　第1刷発行

著　者　アマラ
発行人　関川誠
発行所　株式会社 宝島社
〒102-8388　東京都千代田区一番町25番地
電話：営業 03(3234)4621／編集 03(3239)0599
https://tkj.jp
印刷・製本　中央精版印刷株式会社

ISBN978-4-299-06712-8